청춘의 시작,
블록

홍영식 지음 ────────

청춘의 시작,

블루

The Beginning of youth
Blue

좋은땅

// 목차 //

01. 바라보기 (봄)

02. 쳐다보기 (여름)

03. 마주보기 (가 을)

01 바라보기 (봄)

* 바 라 보 기 *

무언가를…
누군가를 바라본다는 건 의미가 있다.
바라볼 수 있는 대상이 있다는 건 의미가 있다…
그것은 이미 바라볼 주체인 '나'라는 한 존재가 있음을 의미한다.
내안의 '선'과 '악'의 이중성을 발견한
세상의 '사랑'과 '미움'의 양면성을 느끼는
'현실'과 '이상'의 갈등을 경험하는
결코 특별하지도 평범하지도 않은 쉽지 않은 한 존재가 있다.
세상을 전부 아는 것도
그렇다고 모르는 것도 아닌
지나간 사랑이 진실이었는지 거짓이었는지도 모르는
현실을 택할지 이상을 택할지도 결정 못 하는
쉽지 않은 한 존재가 있다는 것.
그러한 존재가 무언가를, 누군가를
깊게 바라본다는 건 의미가 있다.
그 안에는
지금껏 쌓아온 외로운 틀을 깨려 하는 몸부림이
확신할 수 없는 세상에 답을 찾기 위한 방황이
남아있는 삶에 대한 두려움의 외침이 스며있다.
이제껏 혼자였다는 몸서리치게 하는 처절한 고독감이
드디어 무언가를, 누군가를 바라보게 하는 것은
더 이상
혼자가 아니라는 것을 의미한다.
바라본다는 것은 의미가 있다.

풍경.

새벽의 잠이 한꺼풀씩 얼굴에 벗겨없는오
기쁨의, 슬픔의, 분노의, 경악의
풍경들은 저 먼 곳으로 흘러버리고
이제는 주름진 얼굴로 세월의 흔적만 훑는다.
절망이라고 이름짓지는 않는다.
허무라고 이름짓지도 않는다.
그러나
감축려는 얼굴이 아니었건만
여기도 만건가
왔어야만 흐뭇속 받게 왔던 그 아이는… 1997. 5. 31 K. K.

* 그 아이 *

시간의 짐이 한 꺼풀씩 얼굴에 내려앉는다.
표정들은 저 먼 곳으로 숨어버리고
이제는 주름진 얼굴로 세월의 흔적만 찾는다.

절망이라고 이름 짓지는 않는다
허무라고 이름 짓지도 않는다

그러나 감추려는 얼굴이 아니었건만 어디로 간 걸까

잃어버린 동화 속
밝게 웃던
그
아이는

어제 무엇을 했는지
지금 무엇을 하는지
내일 무엇을 할건지
말하고 싶다.
외치고 싶다.
주위엔 아무도 없다.
많은 말들을 삼키고
지금도
말없는 아이는 굳은 얼굴도 거리를 걷는다.
                                    97. 10. 9
                                    kiki

언제부터인가
수첩의 이름은 하나씩 지운다.
어딘가에서 열심히
살아갈 사람들이련만
내 가슴엔 이미 한 줌 재로 되어
가을 바람에 쓴다.

* 말 없는 아이 *

어제 무엇을 했는지
지금 무엇을 하는지
내일 무엇을 할건지

말하고 싶다
외치고 싶다

주위엔 아무도 없다

많은 말들을 삼키고
지금도
말 없는 아이는 굳은 얼굴로 거리를 걷는다.

* 조 용 한 아 이 *

누구도 나의 말을 듣지 않는다.
나는 사람들의 작은 목소리, 낮은 목소리를 듣는다.
큰 소리는 머리에서 나오고
작은 소리는 마음에서 나온다.
난 귀 기울여 그들의 마음을 듣는다.

나도 작게 말해보지만
나의 말에 대답해주는 사람은 없다.
그들의 큰 소리에 묻혀 사라지는
내 잠겨진 목소리를 바라보며

난 말을 멈춘다.
말을 잊는다.
그렇게 조용한 아이가 되어간다.

방황.

여린 몸 하나 둘 곳 몰라
여기도 저기도
낯선 풍경, 낯선 사람들.
어디서 와서 어디로 가는지
누구도 그 답은 들려주지 않는다.
세상은 살아가는 방법은 안기면서
왜 세상에 내가 있는지는
안고움은 마음 간절하다.
개나는 꺾으며
길이가 드러나는 당당에게
울고싶다.
나는 누구인지요.

* 묻고 싶다 *

여린 몸 하나 둘 곳 몰라
여기도 저기도
낯선 풍경 낯선 사람들
어디서 와서 어디로 가는지
누구도 그 답을 들려주지 않는다.
세상을 살아가는 방법을 알기보다
왜 세상에 내가 있는지를
알고 싶은 마음 간절하다.

거리를 걸으며
깊이가 드러나는 사람에게
묻고 싶다.

나는 누구인지요.

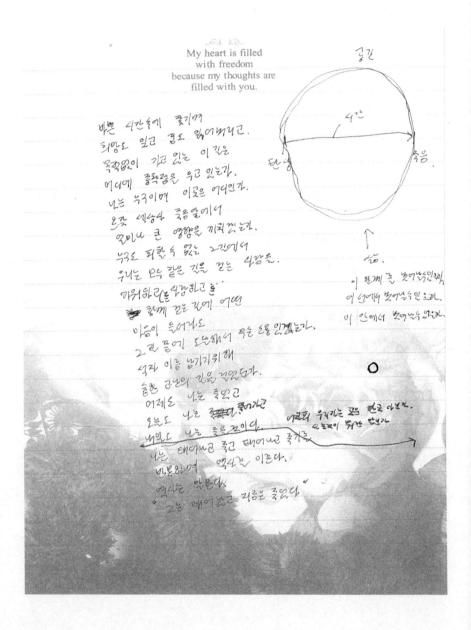

My heart is filled
with freedom
because my thoughts are
filled with you.

바쁜 시간속에 줄기며
희망도 일고 꿈도 잃어버리고.
목적없이 가고 있는 이 길은
어디에 종착점은 두고 있는가.
나는 누구이며 이곳은 어디인가.
온갖 세상과 죽음앞에서
얼마나 큰 영향은 끼치겠는가.
누구도 피할 수 없는 그것이여
우리는 모두 같은 길로 걷는 사람들.

미워하리오 사랑하리오
함께 걷는 길에 어떤
마음이 들어서도
그 길 끝에 도달해서 묵은 흙을 인겠는가.
섣자 이름 남기기 위해
숨찬 군보의 길을 걸었던가.
어제도 나는 죽었고
오늘도 나는 죽었고
내일도 나는 죽을것이다.
나는 태어나고 죽고 태어나고 죽고
반복하여 역사를 이룬다.
역사는 말한다.
"그는 태어났고 지금은 죽었다."

* 종 착 점 *

바쁜 시간 속에 쫓기며

희망도 잊고 꿈도 잃어버리고

목적 없이 가고 있는 이 길은

어디에 종착점을 두고 있는가.

나는 누구이며 이곳은 어디인가

온갖 세상사 죽음 앞에서

얼마나 큰 영향을 끼치겠는가.

누구도 피할 수 없는 그 길에서

우리는 모두 같은 길을 걷는 사람들.

미워하든

사랑하든

함께 걷는 길에 어떤 마음이 들더라도

그 길 끝에 도달해서 무슨 소용 있겠는가.

석 자 이름 남기기 위해

숱한 고난의 길을 걸었던가.

어제의 나는 죽었고

오늘의 나는 죽어가고

내일의 나는 죽을것이다.

어차피 우리 향한 곳은 한 곳 아닌가.

사는 것이 뭐란 말인가.

하 하 하

1997. 1. 14. 화요일.

오전에 개인정비하고. 오후엔 작업하고. '하얀 기억속의 너'1권 읽고있다.
전화는 걸까 했지만 이른 움직임이었던듯 싶다. 아직은 때가 아니다.

"조금은."

　　내가 세상을 살아간다면
　　조금은 뻔뻔하게, 조금은 치사하게 살거라.
　　착하게 살아야 한다는 걸 모르는 바 아니건만.
　　하늘이 일찍 부르는 이들은 모두가 그렇게 착했더라.
　　누구나 언젠가는 사람들 기억에서 잊혀지겠지만
　　나를 기억하여 부질없는 눈물
　　조금은 줄이고 싶어서이라.　　　　1997. 1. 14. 讀書 中

책은 읽는데 내용이 너무 비참하다. 슬프다. 그건 슬픈 얘기들은. 사랑과 이별
의 단순하지만 누구나 한 번은 겪는 경험들. 커피와 담배가 독특했던 하루.
휴가를 기다리며 하루를, 한시를, 일분까지도 의식하게 된다. 그만큼 지극하게
의식된다. 기대가 크면 실망도 큰법. 목소리가 크면 움직임은 적은법.
친구한테 편지썼다.

1997. 1. 15. 수요일.

인력 근무. 꼼짝지 뭐~. 크로스 건축기요 잡고. '하얀 기억속의 너'1권 다 읽었다.
친구한테서 편지가 왔다. 비뚤속의 한가함. 연서에 :　　　　전화했나.
힘없던 목소리. 세민이 얘기. (자주 등장하는군) 아르바이트 안한다고. 동화중의
안롱을 예감. 멀어지는. 가까이 하기 어려운. 응상이봉? 11시 20분. 동동으로
　　전화했다. 아직 안 들어왔는. 어머님 받음. 그무시는데 깨워 죄송스
럽다. 이렇게 늦게까지 고생하는구나. 하나로 인해 비는 가슴 하나로 채우려는…

* 그렇게 *

내가 세상을 살아간다면
조금은 뻔뻔하게
조금은 치사하게 살리라.

착하게 살아야 한다는 걸
모르는 바 아니건만

하늘이 일찍 부르는 이들은
모두가 그렇게 착했더라.

누구나 언젠가는
사람들 기억에서 잊혀지겠지만

나를 기억하며 흘릴
부질없는 눈물
조금은 줄이고 싶어서리라.

창이 없는 방.

어두움.
한줄 빛이 보이지 않는 암흑의 세계.
지금은 기억할수 없는
자궁속의 아이처럼
편안함이 있을 수 있지만

아니오
스쳐 지나해를 보면 자의식은
현재의 모습은 죽은 시체처럼만 느낀다.
시시러 뭉非를 본간할수 없다치여도
생명조차 없는것은 아늘뒤이니
이젠 그만 시체를 입으게
녹을 티웠고 죽은 창 하나 내어
새로운 생명을 부여 해야 할때가 아닌가.
98. 1. 11.
KiKi

* 작은 창 *

어두움
한 줄 빛이 쪼이지 않는 암흑의 세계
지금은 기억할 수 없는
자궁 속 아이처럼
편안함이 있을 수 있지만

어느덧
나의 자의식은
지금의 모습을 죽은 시체처럼만 느낀다.

사물과
시비를 분간할 수 없다 하여도
생명 또한 없는 것은 아닐 터이니

이젠
시체를 일으켜 벽을 허물고
작은 창 하나 내어
새로운 생명을 부여해야 할 때가 아니던가.

" 존재 "

이젠 대화가 필요치 않다.
할 말도 없다.
고독하지도, 그립지도 않았다.
요부없이 차단
마음의 벽
이해를 바라지도 않는다. 정규다.
마음에 울리는 나의
내 두어야 한다.

마음을 잡는 이 있는 뭣가.
단단하다.
잊악을 듣고 소을 일일 있어도
마음은 마시고 당배를 피어도
마음은 정화로 제워져 간다.

살아 왔다는
맘부랑 짓는
지치 自我

* 몸부림 *

이젠 대화가 필요치 않다.
할 말도 없다.
외부와의 차단.
마음의 벽.
고독하지도, 고립되지도 않았다.
이해를 바라지도 않는다.
내 마음에 울리는 나의 절규다.
들어야 한다.

마음을 못 잡는 이유는 무언가
답답하다.
음악을 듣고 책을 읽어도
술을 마시고 담배를 피워도
마음은 공허로 채워져 간다.

살아있다는 것을 느끼기 위해
몸부림치는
지친
自我

누가 시계를 본다.
일정한 간격으로 움직이는 초침.

누가 시계를 볼때
타인들은 슴・해의 갈림에 다 있기도 한다.

일어나야지
무언가 해야지

누가 시계를 본다.
삶이 무한할것 같은 착각에

누리는 모두

꾸준히 진실의 죽음을 가깝게 늘려온다.

그래를 만남
불편하게 있다면 예성입니다.
그대는 맑고
듣기에 있다면 그건 나.

태양아

너는다, 둘이게 많다. 에이~ 있다.
그냥 너에게 버려!
온통 어제도데 너께나 더 버려요
묻기 않았겠어
그래, 홀로라고 있는콜, 이다, 날았덤이 있고
커다는 이음도 같은
꼴날하게 하는 외로움
몸이어가꾸네
붉에 들 너게 많이 잘했던걸내
그래요리
양속이고 속에에나 두둑에 붉에
이것같은 듣네서 2라
창크게 외쳐코라니
진않았어, 이 미움 비원 멍들덕이 계속해야.

이제야 은명의 사랑을 만났네
그러나 은명은 우거덤이 아니네
이면 둘에나 다른 걸도 버니네
러시는 같은걸을 전눅 없대네
슬픔은 아들을 기면흰래 진대네
흔들흔들어나 새 생명을 맺을 건대네.

여자: 넌의 맘만 아름답지?
남: 너야너, 뜯지는 닿든 오게 본등 없다이것
여: 에이, 왜?
남: 그건, 닳은 오게 본면 닿나 여읜만에 이들은 빼앗기게
여: ...
남: 한가지 방법이 있어.
(강이흐게) 너의 눈에 비긴 딸을 보면 쓰등
여선이 있나 너게게 마음은 빼앗기게 돼리.
(가까이 다가가서 눈을 본다)
... 승영이 딸깝다.
남: (여선의 편지 깨면서) 이건은 여눈에서 해방된 실이야.
널 사랑했어.
여: (눈가나 편가를) 쳤든건?
남: 한 널가로 신부둥게 게고, 가슴아프게 게고, 딴 사랑을 사랑게 할수 없게게요. 널 가슴이 움직두터
내 마음은 길믐에 넘겼어.
여: 걸믐은 멋밌인데?
남: 음~ 위깅역.

사강해:

* 시 계 *

누워 시계를 본다.

일어나야지
무언가 해야지

누워 시계를 본다.

삶이 무한할 것 같은 착각에
우리는 모두 조금씩
자신의 죽음을 가깝게 불러들인다.

낙엽

가을 바람에
마음이 이리저리
흩날린다.
맑은 하늘과 같은
마음이 여기저기
떨어진다.
낙엽처럼.

* 낙 엽 *

사람을 사랑하고
내 존재를 인정받길 원하며
이러한 만남도
저러한 만남도 있었건만

언제부터인가 하나, 둘
떨켜에 낙엽이 지고
혼자로 남게 되면

이제부터
나를 찾는 나만의 여행이 시작된다.

우리는 많은 것을 기다린다.
입학은, 졸업은, 취업은, 결혼은, 아이는, 승진은 ...
달갑지 않은 죽음은
언제 겪는지 알 수 없다.
내일의 내가 어떻게 될지 누가 말해줄 수 있는가.
나는 이 순간
'다짐한다'는 일른 작게 되깨려 본다.

* 언 제 올 까 *

우리는 많은 것을 기다린다.
입학을, 졸업을, 취업을, 결혼을, 아이를, 승진을…

달갑지 않은 죽음은
언제 껴들지 알 수 없다.

내일의 내가 어떻게 될지 누가 말해 줄 수 있는가.
나는 이 순간
'사랑한다'는 말을 작게 뇌까려본다.

당신의 얼굴은 너무도 어둡습니다.
빛이 저 안에 있어
겉으로 느껴지지 않습니다.
당신의 얼굴은 슬퍼보입니다.
웅크려 있는 빛이
정말 이 안쪽으로 도망가고 있습니다.
당신을 본 적 있느냐면
나또한 슬퍼집니다.

즉말.
초라한 마음에 비해
울리지 않는 전화벨.
전화기에서 들리는
불빛은 목소리.
주말의 오후가 가는데...
난 토라지고
영락 된채
허무한 기대를 갖는다.

최우상은 기억하십니까.
그때의 가슴저림은 기억하십니까
그렇다면 다행입니다.
당신은
진정한 사랑을 할 수 있습니다.

내 삶의 모습에
그 어느곳에도
관심이 없고, 사랑이 없고, 배려함이 없고, 미칠것이 없다.
그대가 없기에
이젠 나도 없다.
97. 10. 9.

* 아직 *

내 삶의 모습에
그 어느 것에도
관심이 없고, 사랑이 없고, 빠져듦이 없고, 미칠것이 없다.

그대가 없기에
아직
나도 없다.

눈물 工

이유없는 눈물이 흐르면
이유를 생각하지 말고
변명을 생각하지 말고
우는 순간 만큼 순수해 진다는
마음 다지며
그냥 그렇게 울어버리자.

운다고 남들이 뭐라그러면
우는게 아니라고
그냥
눈물이 흐를 뿐이라고
웃으며 울어버리자.

바보같이, 정말 바보같이,
보고픈 사람있으면
연락하라.
그 사람이 만나기 꺼려하면
밝게 웃고 뒤돌아 울어버리자.

웃으려 태어난 삶
억만큼 기쁨이 있으려며
사는것 한 가운데 웃을 수 있으면 웃고
여기기 건 해어리기 싫으면 그때 또 울자.

로버트 뭐저렇으려까 멀었다
이상하려면 멀었다.
말 멋요 멋있다

눈물 Ⅱ.

난 웃기라서
웃어도 상관없어.
뭐 어때.
그냥 눈물 나는데.
굳이 뭐라 변명해.
운다고 변태들것 있나.
내가 웃고 싶어우는데.
눈물 없는 사람은
누가 상품들데.
웃면 잡아간다고
헌법에 나온데.
웃고 싶을때
우는 것이라.
우는애 넘ㅍ 누가
뭐라그러던가.

* 눈물 1 *

이유 없는 눈물이 흐르면
이유를 생각하지 말고
변명을 생각하지 말고
우는 순간만큼 순수해진다는
마음 다지며
그냥 그렇게 울어버리자.

운다고 남들이 뭐라 그러면
우는 것 아니라고
그냥
눈물이 흐를 뿐이라고
웃으며 울어버리자.

바보같이
정말 바보같이
보고픈 사람 있으면 연락하자.
그 사람이 만나기 꺼려하면
밝게 웃고 뒤돌아 울어버리자.

울면서 태어난 삶
얼마큼 기쁨이 있을지며
사는것 한가운데 웃을 수 있으면 웃고
떠나기 전
헤어지기 싫으면 그때 또 울자.

알파벳은 26 자다. 그런데 지능은 25라고 믿었다. 왜?

" M 이 죽었으니까 "

배고프다. 왜 먹어야 하는가.

만나면 그냥 좋은것을.
어느 순간
형식으로 얽매인 우리의 모습과 우리 이야기.
가면과 위장의 허울과
거짓의 무게만큼 무거워지는 너의 마음.

기대고 싶은 마음이 들더라도 그런 행동하지 않고
웃고 싶은 마음 들더라도 그러한 모습 보이지 않고
왜. 왜? 기대고 싶은데. 웃고 싶은데.
무엇이 두려워서 그러냐고 물해.
난 강하지 않은데. 난 나약한데.
모든것 다 보여주고 안고 웃고싶은데.
어느 한도 마음 기대고 싶고
사는것이 외롭고 힘들면 그냥 웃고
자고 먹고 있어나면 된 것을.

* 눈 물 2 *

기대고 싶은 마음이 들지라도
그런 행동하지 말고
울고 싶은 마음 들더라도
그러한 모습 보이지 말고
왜?
왜!
기대고 싶은데… 울고 싶은데…
무엇이 두려워 그러지도 못해.
난 강하지 않은데
난 나약한데
모든것 다 보여주고 실컷 울고 싶은데.

어느 한 곳 마음 기댈 곳 없고
사는것이 외롭고 힘들면
그냥 울고
자리 털고 일어나면 될 것을…

七覺

문득 자신을 돌아볼 때
낯선 모습이 당황스럽다.
누구인가.
살면서 닥치는 문제들과 그에 따른 상념들.
어디서부터 타인의 모습으로 살아왔을까.

自我 를 찾아 뿌리를 찾아
헤메이던 숱한 나날들.
귀착되어지는 것은 神 과
七覺 한 채 살아온 거면.   召命 소명

아기는 소명을 가슴에 안은 채 10 단을 기다리고
나는 소명문 되기 위해 거면 읽기를 위축인다.

이제 망각의 베일에서 눈을 떠
내 모습으로 돌아가야 한다.

인간 세상에서 느낀 눈물, 기쁨을
가슴에 담고 이제는 먼 고향들의
땅을 밟는다.

헛된 꿈에서 깨어나
태초의 나로 돌아가자. 神의 세계로.

1994. 8. 26
안양 9시 10분

잎은 떨어지지만 눈은 아직 총총하다는
자부심이 엊그제 이네.
지금은
잎은 다 잃어여도 그 눈빛은 똑닥 눈이네.   1994. 8. 26.
변하여 노력은 않겠네.   남 10시 50분

* 소 명 *

문득 자신을 돌아볼 때
낯선 모습이 당황스럽다.
누구인가
살면서 부딪치는 문제들과 그에 따른 상념들.
어디서부터 내가 아닌 모습으로 살아왔을까.

자아를 찾아 뿌리를 찾아
헤매이던 숱한 나날들.
귀착되어지는 것은 神과
망각한채 살아온 지난 세월.

아기는 소명을 가슴에 안은채 빛을 보려 기다리고
나는 소명을 찾기 위해 지난 세월 일기를 뒤적인다.

이제 망각의 세월에서 눈을 떠
내 모습으로 돌아가야 한다.

이 세상에서 느낀 모든것을 가슴에 담고
먼 조상들의 땅을 밟는다.

꿈에서 깨어나 태초의 나로 돌아가자.
神의 세계로…

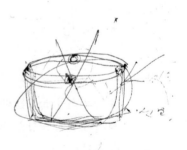

自身

자기 자신 죽이기.

살아있는것이 아무런 의미도
느낌도 없을 때
서서히 이 세상에서 자신이란
존재를 없애기 위해 노력하면 된거야.

이제는 그대의 꿈은 잃어
나와 더불어 이 세상의 공기를 함께 마시지 못한지라도
설령 그대 얼굴을 박박 긁을지어다
할지라도 (죽을 수 밖에 없다라도)
나는 한시도 눈을 돌리지 않으니.

욕심 많은 내 억지도 많은 정을 괴로움인
버린 그대는
남아있는 나에게 세상을 살아갈 힘과 의미를 주었다
혹은 그대의 목숨을 하나의 도리로
함께 둬서 오랜 세월동안 가슴아픔으로 묻어나는
죽어야 깨달으리만.

그대는 자신을 죽임으로서 새로운 생명을 내게하고
이 시대 마지막으로 진실을 남기기 위해
그도 어쩔지 더 최후로 간건가.

생명이 되돌고 기쁨이 없을 때
그대도 영원히 지울 수 없는 정인으로
내 안에서 환히 웃으며 '함께'라고 약하겠지.

1994. 9. 9. 金

* 화 두 *

살아 있는 것이 아무런 의미도 느낌도 없을 때
서서히 이 세상에서 자신이란 존재를
없애기 위해 노력하던 친구여

이제는 그대의 뜻을 좇아
나와 더불어 이 세상의 공기를 함께 마시지 못할지라도
설령 그대를
빛바랜 사진 속에서 찾을 수밖에 없더라도
나 괜시리 눈물 흘리지 않으리니

오래지 않은 내 역사의 많은 장을 차지했던 떠난 그대는
남아 있는 나에게 세상을 살아갈 힘과 의미를 주었지.
물론
그대의 부재를 하나의 화두로 남겨두어
오래 헤매임과 가슴 아픔으로
풀어나간 후에야 깨달을 수 있었지만

그대는 자신을 없앰으로써 새로운 생명을 나게 하고
이 시대 마지막으로 진실을 남기기 위해
그리도 서둘러 저 하늘로 갔던가.

세상이 허무하고 기쁨이 없을 때
그대는 영원히 지울 수 없는 각인으로
내 안에서 환히 웃으며
나를
깨워주겠지…

광란의 축제.

젊음. 불타는 정열은 미완성이고 불안한 것.
분출되지 못한 열정이 탈출구를 찾고
축제는 젊은 영혼을 살라먹는다.
외로움에 느끼는 젊은 영혼은 미친 몸부림으로
영혼을 달랜다.
과거를 잊으려 현실을 잊으려 마신 술은
그 만큼 영혼을 죽이고
어느덧 몸은 깊은 수렁으로 천천히 침몰한다.
풀린 눈은 외로움을 달래줄 대상을 찾아 쫓고
상처받은 영혼은 더 깊은 상처만을 안게 된다.
미쳐가는 현실에서 홀로 깨인 고독은
광란의 축제에 등돌게 하고
짙은 고독만이 온 몸에 배어든다.
꿈을 상실한 젊음이여. 신랑을 갈구하는 굶주린 영혼이여
축제는 서서히 그 막을 내리고
불빛이 서서히 죽어가면
차가운 눈빛으로 그 광란의 현장을 돌아본다.
입안에서 맴도는 쓰디쓴 것을 뱉어낸다.

1999. 9. 29.
Ki Ki.

042

* 축 제 *

젊음!
불타는 정열은 미완성이고 불안한 것.
분출되지 못한 열정이 탈출구를 찾고
축제는 젊은 영혼을 살라 먹는다.
외로움에 흐느끼는 젊은 영혼은
미친 몸부림으로 영혼을 달랜다.
과거를 잊으려 현실을 잊으려 마신 술은
그만큼 영혼을 죽이고
어느덧 몸은 깊은 수렁으로 천천히 침몰한다.

풀린 눈은 외로움을 달래줄 대상을 찾아 쫓고
상처받은 영혼은 더 깊은 상처만을 안게 된다.
미쳐가는 현실에서 홀로 깨인 고독은
광란의 축제에 동조케 하고
짙은 조소만이 온 몸에 배어돈다.

꿈을 상실한 젊은이여!
사랑을 갈구하는 굶주린 영혼이여!

축제가 천천히 그 막을 내리고
불빛도 서서히 죽어가면
차가운 눈빛으로 그 광란의 현장을 돌아본다.

입안에서 맴도는 쓰디쓴 것을 뱉아낸다.

巫堂

무당의 ~~〇〇~~ 질녀.

크고 맑은 검은 눈동자 살짝 치켜뜨고.
조금은 푸른 기가 맴도는 흰자위도 맑아라.

허리까지 내려온 긴 머리칼 질끈 묶어두고
희고 작은 손으로 흐트러진 머리를 쓰다듬는다.

날씬한 몸매에 옷 없이 빼어나고
화려한 웃음속에 ~~소녀의~~ ~~숙명~~이 스며있다.
바라보는 눈 속에 ~~〇〇~~ ~~지혜가~~ 빛이나고
작은 가슴에 큰 기운을 가득 품어 두고 있다.
소박한 사랑 마음속에 ~~〇〇~~ 두고
내려온 소명으로 가슴이 아파야만 한다.
소녀의 감성과 소명의 이성으로 갈등하고
어쩔 수 없는 제 모습에 슬퍼 웃는다.
여린 몸안에 강인한 정신으로
헌신과 이상의 이율배반 모습~~〇〇~~에 긴개 ~~〇〇〇~~ 숙인다.

작가노트 : 무속신앙은 우리 나라의 전통이다. 그곳엔 역사의 지혜가 숨어있다.
언제때는 민족중기 민속정책의 일원으로 '미신'이다 인정으여 폐하고
기독교가 들어왔을 때도 '미신'이란 지명을 벗어놓수 없었다.
그러나 연극이며 춤부인 (칸.춤.거리)의 뜻을 가장 잘이여
오고 한이 서린 귀신은 그냥 서양처럼 없어지는 것이 아닌 그들의
한을 풀어 주어 ~~원귀가 없음~~ 해가 없도록 한다. 귀신과 인간.
신과 인간. 영혼과 육신을 잇는 무당의 역할은 중요한 의미가
있는 것이여 무당 바로 전통을 쓰게 되는 영국 대중의 희생양기
중분한 것이다.

* 무당 *

크고 맑은 검은 눈동자 살짝 치켜뜨고
조금은 푸른기가 맴도는 흰자위도 맑아라.

허리까지 내려온 긴 머리칼 질끈 묶어두고
희고 작은 손으로 흐트러진 머리를 쓰다듬는다.

날씬한 몸매에 옷 맵시 빼어나고
화사한 웃음 속에 소녀의 수줍음이 스며 있다.

바라보는 눈 속에 한없는 지혜가 빛이 나고
작은 가슴에 큰 기운을 가득 품어두고 있다.

소박한 사랑 마음속에 감춰두고
내려온 소명으로 가슴이 아파야만 한다.

소녀의 감성과 소명의 이성으로 갈등하고
어쩔 수 없는 제 모습에 슬피 웃는다.

여린 몸 안에 강인한 정신으로
현실과 이상의 이율배반 모습에 고개 숙인다.

바람이 언제 나뭇가지에 걸쳐 흐르지 않던가
물이 언제 돌에 걸려 흐르지 않던가
시간이 언제 약 없다고 멈춰줄 있던가.
자연은 항상 답을 가늠해 주는데
어쩌문 인간들 어떻게 컨닝 하면 해본까
쓸데없이 늘 틀려.
힘내라.

힘줄에 보내는 안부에게 손 틀지 中.
97. 10. 8. 새벽.
Ki Ki

* 컨닝 *

바람이 언제 나뭇가지에 걸려 안 불던가
물이 언제 돌에 걸려 흐르지 않던가
시간이 언제 약 없다고 멈춘 적 있던가

자연은 항상 답을 가르쳐 주는데
우리네 인생 어떻게 컨닝 한 번 해볼까
쓸데없는 곳에 눈 돌리네.

기다린 그분이 와도...

· 어떤 일이라도 해결할수 있을것 같았고
모든 사람이 환영해줄것 같았고
밝은 세상이 머지른 비추거라 생각했었지..
온것같지 않던 시간이 왔기에
그 기쁨만큼 붓안했었던 거였어.

먼거리건 없다고 생각했어
내가 언제 떠났었냐는듯 태연했지.
그러나 난 느낄수 있었어.
거리낌없이 아까와 벤치에 앉아 그냥 담배를 펴던지.
말수없는 대화속에 어색한 웃음을 지어야 했어.
길에서 대하는 시선들이 모두를 친근하게 느껴졌지만
그들은 내게 눈길을 돌리지 않았어.
내 생각만큼 세상은 마음대로 되지 않았고
날 위해 기다려준 사람은 없었어.
어느덧 낯설어 전거였어
세상은...

1997. 4. 11
Ki Ki

*　제 대　*

어떤 일이라도 해결할 수 있을 것 같았고
모든 사람들이 환영해줄 줄 알았고
밝은 서광이 머리를 비추리라 생각했었지.
올 것 같지 않던 시간이 왔기에
그 불안함만큼 기쁨도 컸던 거였어.
달라질 건 없다고 생각했어.
내가 언제 떠났냐는 듯 태연했지.
그러나 난 느낄 수 있었어.
커피값이 아까워 벤치에 앉아 그냥 담배를 피웠지.
알 수 없는 대화 속에 어색한 웃음을 지어야 했어.
길에서 대하는 사람들이 모두들 친근하게 느껴졌지만
그들은 내게 눈길을 돌리지 않았어.
내 생각만큼 세상은 마음대로 되지 않았고
날 위해 기다려준 사람은 없었어.
어느덧 낯설어진 거였어
세상은…

흥미로웠다. 상상의 자유와 여유로움의 반가움. 혹은거만 은막밑을 피울수 있었
기에 좋았다. 오후엔 비가 내려 바구밀에서 빈둥거리고 안수 없는 피로함에
앉아 자기도 했다. 영환이와 중간 애기를 나누었고. 많은 것이 변화고
있다. T.V 보고. 그래! 이제야 정말 마음에 거린것이 없다. 조흥형이 다녀간다.
완주한테 편지 한장 쓰고.

1996. 10 3. 목요일.

개천절. 정말 하늘이 열렸다 닫혔다 할 정도로 날씨의 변화가 심했다. 오
전에 _____ 다 !. 완주도 한장 '여대생과 중도들' 300p 넘게 넒고
오후엔 _____ 다. '절망경을 은녀다' 보고. 좋다. 생활이. 바둑
도 두고.

　　　　사랑이 왜 깨어나는구?

　　　　이 친구야 내 맏은 좀 들어.

　　　　능력는 능력다움때 모있는거야.

　　　　그 모습에 여자가 반하지.

　　　　만약 그 둘이 서로에게 호감을 갖고 좋아하고 사랑하게 되면

　　　　능력는 여자로 인해 소멸해져.

　　　　은든곳에. 특히 여자를 위해선.

　　　　그러면 그때부터 능력의 맛은 사버리고

　　　　소멸한 한 인간만 남게 되는거다.

　　　　사랑이 진행중일때 능자고 그렇게 변하면

　　　　어떤 여자가 거기에서 멋은 느끼지.

　　　　은겨는 여자를 다시 잡으려 한때.

　　　　그때는 이미 사랑은 깨진거다.　1996. 10. 3

　　　　　　　　　　　　　　　　　비비,

* 그 런 거 야 *

사랑이 왜 깨지냐구…?
이 친구야 내 말을 잘 들어.
남자는 남자다울 때 멋있는 거야
그 모습에 여자가 반하지
만약 그 둘이 서로에게
호감을 갖고 좋아하고 사랑하게 되면
남자는 여자로 인해 소심해지지.
모든 것에.
특히 사랑하는 여자를 위해선

그러면
그때부터 남자의 멋은 사라지고
소심한 한 인간만 남게 되는 거라구
사랑이 진행 중일 때
남자가 그렇게 변하면
어떤 여자가 거기에서 멋을 느끼지?
멀어지는 여자를 잡으려 하는 것
이미 그때 사랑은 깨진 거라구.

02 쳐다보기 (여름) ——————

* 쳐 다 보 기 *

무언가를, 누군가를 쳐다본다는 건 의미가 있다.
'나'라는 존재를 깨닫고 많은 시행착오를 거쳐오면서
외로운 이 세상에 드러나지 않는 한 사람으로써 살아갈 때
누군가의 시선을 받고 싶기도 하고 인정을 받고 싶기도 한다.
그러나
둘러보면 모두들 다른 곳을, 다른 사람을 보고 있다.
만나는 사람들 모두에게 난 그들의 전부가 되지 못하고
바쁜 그 사람들은 도대체 어디로 시선을 두고 있는 것인가.
대중 속에서 나만이 홀로 있다는 생각을 떨치지 못해
울음을 삼키며 웃어야 하고
그러다 그 모습에 지쳐 굳어진 얼굴에선
더 이상 웃음도 느끼지 못한다.
메말라가는 마음속에서 병은 점점 깊어져만 가기에
이제는 사랑한다는 말을 듣지 못하는 것이 문제가 아니라
그 누구에게도 사랑한다고 말할 수 없다는 것이 문제가 된다.
그러한 한 존재가
오랜 고독과 침묵 속에서 한 사람의 시선을 느낀다
지금까지의 아픈 생활들을 모두 잊을 수 있는 따스함을 느낀다.
마치 오래전부터 주위를 맴돌았었던 듯 낯익은 만남을 준비한다.
내가 바라보는 그들이 나를 쳐다보지 않는다면
내가 먼저 쳐다봐야 하는 것이다.
이제야 진정 살아가며 사랑할 한 사람을 만나
그의 시선이 느껴지는 그곳을 쳐다본다.
쳐다본다는 것은 의미가 있다.

내가 몇 억대의 경쟁을 뚫고 세상을 본 것은 기적이다.
살아온 몇 억초의 시간에서 사랑하는 사람을 본 1초는 기적이다.
숱하게 지나치고 함께해도 모르는 사람들에 그녈 사랑한건 기적이다.
그리고 그래서 그렇게 헤어진건 기적이다····
                    라고 말하고 싶진 않아. 정말로···.

우리가 어느선에서
어떻게 출발했는지는 몰라도
그 향한 목적지 만은 같을꺼야.

그렇게 옆을 보지 못하고 정신없이 걷다가
언제 우연 만나 함께 걷고 있었거야.
언젠가 서로의 길이 둘려 헤어질수 있더라도
잠깐이나마 함께 있었다는 것
목적지에 도착해서 웃으며 얘기 나눌수 있기를···

* 기 적 *

내가 몇 억 대의 경쟁을 뚫고 세상을 본 것은 기적이다.

살아온 몇 억 초의 시간에서 사랑하는 사람을 본 1초는 기적이다.

숱하게 지나치고 함께해도 모르는 사람 속에 그대를 사랑한 건 기적이다.

그리고 그래서 그렇게 헤어진 건 기적이다…

라고 말하고 싶진 않아.

정말로…

✻ 너랑 나랑 ✻

너는
그런 모습 보이지마.
괜히 눈물 짓게 하지마.
네 눈물 보면서 나의 사랑 확인하려 하지마.
내가 다가가기를 바라지 마.
그렇게 기다리지마.

나는
그런 모습 보이지 않을꺼야.
괜한 눈물 흘리지 않을꺼야.
내 눈물 보이며 너의 사랑 요구하지 않을꺼야.
애써 다가가지 않을꺼야.

하지만 …
널 사랑할꺼야.

✻ 나랑 너랑 ✻

아! 정말 그러지마.
아냐.
네가 무슨 잘못이라고
너하고 똑같이
말도 않고 가슴만 졸이는
내가 오히려 더 바보지.

우리 다음에 만나면
아무말 말고
빽빽이 포옹으로
우리 마음 대신하자.
너도 좋지?
- 꼬옥 꼬옥 -

* 너 랑 나 랑 *

너는
그런 모습 보이지마.
괜히 눈물짓게 하지마.
내 눈물 보면서 나의 사랑 확인하려 하지마.
내가 다가가기를 바라지마.
그렇게 기다리지마.

나는
그런 모습 보이지 않을꺼야.
괜한 눈물 흘리지 않을꺼야.
내 눈물 보이며 너의 사랑 요구하지 않을꺼야.
애써 다가가지 않을꺼야.

하지만
널 사랑할꺼야.

어느날‥
삶이라는 여행길에서
고뇌라는 짐을 지고 길을 가고 있었습니다.

그때‥
밤은 그대를 보았습니다.
그대는 웃으며 나의 짐을 나눠들었습니다.

함께한 시간은 지극히 짧았지만
마음은 기쁨으로 충만하고
헤어짐도 잠깐 망각했었습니다.

갈림길에서‥
서로 주저했습니다.
그대가 그대의 길을 가려할때
나는 나의 여행길을 잊고
따라가려 했습니다.

허나‥
먼 그대의 길을 보고
나의 무거운 짐을 보고
아직은 약한 나의 두 다리를 보았을때
난 돌아서야 했습니다.

아름다운 그댄‥
내게 그리움이란 짐을 더 얹었지만
또한‥
사랑이란 더 큰 힘을 주었습니다.
당신은 내 여행길에 지침이 되었습니다.

* 여 행 *

어느날…
삶이라는 여행길에서
고뇌라는 짐을 지고 길을 가고 있었습니다.
그때…
밝은 그대를 보았습니다.
그대는 웃으며 나의 짐을 나눠 들었습니다.
함께한 시간은 지극히 짧았지만
마음은 기쁨으로 충만하고
헤어짐도 잠깐 망각했었습니다.
갈림길에서…
서로 주저했습니다.
그대가 그대의 길을 가려 할 때
나는 나의 여행길을 잊고
따라가려 했습니다.
허나…
먼 그대의 길을 보고
나의 무거운 짐을 보고
아직은 약한 나의 두 다리를 보았을 때
난 돌아서야 했습니다.
그댄…
내게 그리움이란 짐을 더 얹었지만
사랑이란 더 큰 힘을 주었습니다.
당신은 내 여행길에 지침이 되었습니다.

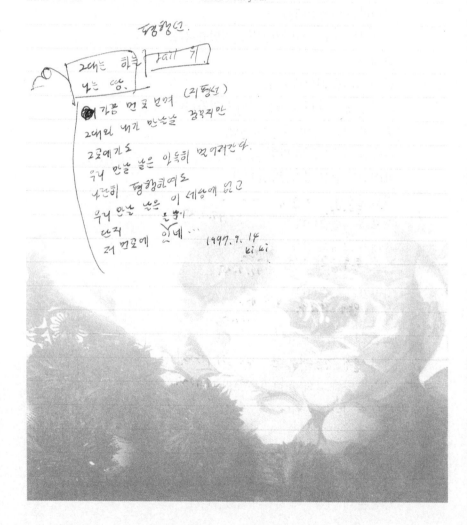

My heart is filled
with freedom
because my thoughts are
filled with you.

평행선.

그대는 하루 mail 기
나는 œ.

가끔 먼 곳 보며 (리영선)
그대와 내가 만났을 갈굿지만
그곳에가도
우리 만날 날은 아득히 멀어져간다.
나란히 평행하여도
우리 만날 날은 이 세상에 없고
단지 꿈뿐이
저 먼곳에 있네···

1997. 9. 14
kiki

* 저 먼 곳 *

가끔 먼 곳 보며
그대와 내가 만날 날 꿈꾸지만
그곳에 가도
우리 만날 날은 아득히 멀어져간다.
나란히 평행하여도
우리 만날 날은 이 세상에 없고
단지
저 먼 곳에 있을 뿐이네.

날씨가 좋다. 정말 좋다. 이런 날엔 뭘 하나.
우중충한 날씨긴 너무도 좋다.

네가 몇 억대의 경쟁을 뚫고 세상을 본 것은 기적이다.
그 몇 억 중의 시간에서 사랑하는 사람은 본 1천는 기적이다.
흔하게 지내고, 함께해도 모르는 사람속에 그널 사랑한건 기적이다.
그리고 그래서 그렇게 헤어진건 기적이다. ....
                    - 라고 말하고 싶진 않아. 정말로 ...

우리가 어느선에서 어떻게 출반했는지는 틀려도
그 향한 목적지 만은 같을꺼야.
그렇게 면을 본지 못하고 정신없이 걸어가
어느새 우린 만나 함께 걷고 있던거야.
언젠가 서로의 길이 틀려 헤어진수 있더라도
잠깐이나마 함께 있었다는것
목적지에 도착해더 웃으며 얘기 나눌수 있기를 ...

                              1994. 4. 2. 득수
                                        서울

* 언 젠 가 *

우리가 어느 선에서
어떻게 출발했는지는 달라도
그 향한 목적지만은 같을 꺼야.
그렇게 옆을 보지 못하고 정신없이 걷다가
어느새 우린 만나 함께 걷고 있던 거야,
언젠가 서로의 길이 달라 헤어질 수 있어도
잠깐이나마 함께 있었다는 것
목적지에 도착해서 웃으며 얘기 나눌 수 있기를…

친구라도
선배・후배라도 사랑은 다가온다.
가끔 친구기 때문에
선배기 때문에
후배기 때문에
사랑하지 못한 이유가 안 된다.
물론 한쪽만의 감정 때문에 사랑이
이루어지는 것은 아니지만
그 감정으로 인해 친구가
선배가
후배가 멀어져선 안 된다.

물론 친구로
선배로
후배로 만나고 지금까지 이어졌다 해도
사랑은 그 상황을 고려하지 않고 오기 때문에
사랑을 그렇다는 이유만으로 거부해선 안 된다.
우리가 기다리는 사랑은 때로
친구의 모습으로
선배의 모습으로
후배의 모습으로 몰래 다가온다.
그대가 원하면 사랑은 그대 앞의
친구일수도
선배일수도
후배일수도 있다는
것.

* 누 구 라 도 *

친구라도
선배, 후배라도 사랑은 다가온다.

가끔 친구기 때문에
　　선배기 때문에
　　후배기 때문에 사랑할 수 없다는 것은
사랑하지 못할 이유가 안 된다.

물론 한쪽만의 감정으로
사랑이 이루어지는 것은 아니지만
그 감정으로 인해 친구가
　　　　　　선배가
　　　　　　후배가 멀어져선 안 된다.

혹, 친구로
　　선배로
　　후배로 만나서 지금까지 이어졌다 해도
사랑은 그 상황을 고려하지 않고 오기에
사랑을 그렇다는 이유만으로 거부해선 안 된다.

우리가 기다리는 사랑은 때론
　　　　친구의 모습으로
　　　　선배의 모습으로
　　　　후배의 모습으로 몰래 다가온다.

그대가 원하던 사랑은 바로 그대 앞의
　　　　친구일수도
　　　　선배일수도
　　　　후배일수도 있다는 것을…

언젠가는 그 친구가 오리라는 것을 알기에

아껴둔 얘기가 있어.

오래전부터 아끼고 아껴 언제 버려졌는지도 모든 얘기

는 생각했었어.

그 친구가 온때쯤 내가 가장 친실해져 있으리고.

그러니 재회한 그늘이 기억되어 있는건 아냐.

내일이나도, 내년인도, 아니 몇답변 후일기도 ···

난 그말을 못할지도 모르겠어.

하지만,

이제는 말야, 너에게 그말은 하고 싶어.

서툴러 은려도 믿는 그 친구는

버끼서 기회를 앗아갈지도 모르니까.

너무 이른건 아닐까,

아니, 넘어 늦어버린건 아닐까.

죽음일라 보냐는 그친구 때문에

아껴둔 말은 이지너야 네게 말하는것이.

널 ···

사랑해

1996. 11. 21.
ki Ki

1996. 11. 22. 금요일.

오전에 오끗만에 총 수업하고. 오후엔 전반적으로 작업했다. 일이 즐거웠다.

한테서 편저가 와서 답장쓰고. 그냥 이래저래 시간이 빨리도 간다.

당황스러운 정오 ···

* 친 구 *

언젠가는 그 친구가 오리라는 것을 알기에
아껴둔 얘기가 있어
아끼고 아껴 어느새 바래졌을지도 모를 얘기.

생각했었어.
그 친구가 올 때쯤
내가 가장 진실해져 있으리라고.

만남이 기약되어 있는 건 아냐
내일인지도
내년인지도
아니, 몇십 년 후일지도…

하지만 이제는
그 말을 너에게 하고 싶어.

서둘러 올지도 모르는 그 친구는
내게서 기회를 앗아갈지도 모르니까.

너무 이른건 아닐까
아니, 이미 늦은건 아닐까

죽음이라 불리는 그 친구 때문에
아껴둔 말을
이제서야 네게 말하는 것이

널
사랑해.

친 떠돌며 깊은 꿈을 꾸었었네.

문득 벌취 선 천자의 얼굴을 보노라니

웃는 듯 우는 듯

공허하게 빛나는 그의 시선 머무는 곳

그와 같은 표정의 한 소녀 보이네.

지전이 멍중듯 사위가 적막에 쌓이고

천자의 눈동자 흔들리는 사이

소녀의 모습 멀어져만 간다.

천자는 말을 잃었다.

이별 후의 재회는 변명을 필요로 하지 않는다.   1997. 3. 8.

(지난 과거를   시비

1997. 3. 4. 화요일.
마지막 일직근무. 괜찮았다. 현주한테 어렵게나마 함께 일오줌의 편지 썼다. 밤에
는 기상한때까지 _____ 항상 번뜩깨 만져의 망선임이 있지만
별로 신경쓰진건지도 않다. 뭘 감추게 있는가, 작은 세습... 우수로 받아지. 무슨 만을
했느라도 모르겠어. 마지막 근무는 참 좋았다. 더 이상의 근무는 여지 않으려.

1997. 3. 5. 수요일.
흐린 눈비. 오전 훼집. 여전히 흐림. 붉은 점심. 한일 없음. 약간의 두거움 (피로의 두께).
오후의 여유~. 현주 한테서 세번의 편지가 왔다. 충고 하고 사위 하고. 괜찮다.
현주한테 편지썼다. 진정한 마음의 여유. 많은 글을 썼어. 긴장했나?

1997. 3. 6. 목요일.
비가 내렸다. 그 안의 움직임. 피복와 흙의 접촉. 비를 맞으며 힘들고. 추위에

* 재 회 *

웃고 떠들며 길을 걷고 있었네
문득
멈춰 선 친구의 얼굴을 보노라니
잃은 듯 찾은 듯
공허하게 빛나는 그의 시선 멈추는 곳

그와 같은 표정의
한 소녀 보이네.

자전이 멈춘 듯 사위가 적막에 싸이고
친구의 눈동자 흔들리는 사이
그녀의 모습 멀어져 간다.

친구는 말을 잃었다.

My heart is filled
with freedom
because my thoughts are
filled with you.

몇번이나 읽고 고쳐 쓴
조잔한 손애기 묻은 편지를 보면 눈,
그 밤에 쓴 더9 새로운 편지에 그대의 이름을 적습니다.
지인 하락 사이에 많은 일들이 생기지 않았은텐데
아직개도 번 편지에는 못한 말이 많은듯 들습니다.
한말이 않은게 아부때인데도
못내 다시 돌아오려 않은 편지는 아쉬운 남깁니다.
우든 안든 못했던 걸까‥‥
산아가면서 한 마디 말이 문자나
내 마음은 그대가 안욱 없다면
기여 보버지 모한 편지가 사랑이 된다면
조용히 그대를 사랑한다고 말해봅니다.

99. 2. 5
Ki Ki

070

* 편 지 *

몇 번이나 읽고 고쳐 쓴
자잔한 손때가 묻은 편지를 보낸 날
그 밤에
난 다시 새로운 편지지에
그대의 이름을 적습니다.
차마 하루 사이에 많은 일들이 생기지 않았을 텐데
아무래도 보낸 편지에는
못한 말이 많은 듯싶습니다.
할 말이 많은게 아닐 터인데도
못내 다시 돌아오지 않을 편지는 아쉬움을 남깁니다.
무슨 말을 못했던 걸까…
살아가면서 한 마디 말이 모자라
내 마음을 그대가 알 수 없다면
미처 보내지 못한 편지가 恨이 된다면
조용히
그대를 사랑한다고 말해봅니다.

종

당신한테 먼저 연락함을
내 인내심이 당신보다 짧다고 생각하지 말아요.

사랑의 감정이 많은 사람이
종( )이 뭘을 알면서도 빈번같이 연락하는 것은

사랑은 긴줄임을 내세우는 것이 아님을
내가 먼저 알고 있기 때문입니다.

* 종 (하 인) *

당신한테 먼저 연락함을
내 인내심이 당신보다 짧다고
생각하지 말아요.

사랑의 감정이 많은 사람이
종이 됨을 알면서도 바보같이 연락하는 것은

사랑은 자존심을 내세우는 것이 아님을
내가 먼저 알고 있기 때문입니다.

내가 당신에게 사랑한다 말해도
당신은 그것을 장난이라 생각할 것입니다.

나의 사랑을 장난으로 생각할것임을 알면서도
당신에게 사랑한다 말함은

언젠가는
사랑이라는 그 단어가

암릉이 되어
그대 마음속에 침전되어 있게 될것임을
알기 때문입니다.

* 침 전 *

가볍게 말한다.
'사랑해'
오늘도 쉽게 말한다.
'사랑해'
기회를 만들어서라도 말한다.
'사랑해'

나의 사랑을 장난으로 생각할 것임을 알면서도
당신에게 사랑한다 말함은

언젠가는
사랑이라는 그 단어가 앙금이 되어

그대 마음속에 무겁게 침전되리라는 것을
알기 때문입니다.

아침이 오면
그대에게 사랑한다 말하리라.
오랜 침묵 속의
미움이
원망이
그리움이 모두
그대를 향한 내
굴절된 간절한 사랑이었음을…

그대를 향한
굴절된
내 간절한 사랑이었음을…

* 굴 절 *

아침이 오면
그대에게 사랑한다 말하리라.

오랜 침묵 속의
미움이
원망이
그리움이

모두
그대를 향한 내 굴절된
간절한 사랑이었음을.

1996. 10. 23. 수요일.
아침에 은희한테 편지쓰고, 테너스장 작업하고, 밤에 은희한테 편지쓰고.

1996. 10. 24. 목요일.
왠지 기억이 날듯 안날듯 슬픈 느낌. 누가 나왔던거였는지. 구름 가득한
잿빛 하늘이 마음을 울적 하게 한다. 영감사격을 비맞으며, 했다. 오랜시간이
사격으로 가고 오후가 되기전에 빨래와 총기수입을 끝냈다. '국토의 별처럼 온져
서 가자'를 조금 읽었다. 여자의 인생, 그리고 남자의 인생, 사랑이는 언제
까지 지속할수 있는가. 마치 손바닥위에 놓인 작은 얼음 알갱이 마냥 그것을 획득
했을때 녹아버리는건 아닌가. 옳다 마음을 얻기 전까지의 행동들이 마음들이 사
랑아닐까. 안개가 껴있있다. 조금 한기가 느껴지고 … 감정의 에이름.

비가 버리고 남은 카세트에서 라디오 트러( )느끼게 되면
어쩔수 없는 외롭연한 내 주위로 몰려들( )고
그리움만이 사방으로 빨리 온 에용은 달( )록재
편지만의 가볍게 느껴지는 클라우 부상함.
배겸 아무나 크게도 놓아 리듬채화는 신랑이 인고
아슥이 받아도 먼저나 ( ) 리듬끼채도 신랑이 있으계
그날어려 있는 거운은
저멀기 그께에게 비 마음 한가득 분여줄수 ( )( )( )는대 …
( )북열 뻗바 연기 산이로 는 강은면
어름( )툴에서 빗으로 찾아쁘는 2대 그거들 이등하나. ↲ 1996. 10. 24
　　　　　　힘들어서 울었다. 알수 없었다. 　　　　　　　　　　kiki

편지는 정말 기뻤다. 은희한테도 편지쓰고. 테너스장가서 작업조금, 44나 먹지.
라디오 방릉 분위기있게 듣고. 애쓰지 말고. 느껴라. 아쉬우면 아쉬운대로, 웃는건

* 이 름 *

비가 내리고
낡은 카세트에서 익숙한 노래가 나오면
떨칠 수 없는 회상 또한
내 주위로 몰려들고
그리움만이 사방으로 뻗어
온 세상을 덮을 때
먼지보다 가볍게 느껴지는
존재의 무상함.

내겐
아무리 주어도 남아
괴롭게 하는 사랑이 있고
아무리 받아도 모자라
괴롭게 하는 사랑이 있으매

떨어져 있는 지금은
저 멀리 그대에게
내 마음 한 자락 보여 줄 수 없는데.

뿌연 담배 연기 사이로 눈 감으면
어둠 속에서 빛으로 찾아드는
그대
그리운 이름 하나.

My heart is filled
with freedom
because my thoughts are
filled with you.

" 마 스 코 트 "

언제나 갖고 다닐 수 있고
보고 플때   꺼내보고
화가 날때   던져버렸다가
'미안해' 하며   쓰다듬어 주고
무심히   몇일을 보내다
언뜻 생각나 꺼내 한번 ~~주주주~~ 웃어주~~룩~~고.
주인이 바라기 만을   바라는
마스코트는
행여 슬픈 표정 지으면 버림 받을까
그렇게 늘 웃는 마스코트는
매일밤
- - - -

- - - -

운다.

이런 관계의
연인 있은니까.
아픔은 느끼지 않으려면
미련은 끊으세요.
그 아픔동안 당신의
추억이라면 그냥 가볍게
받아들이세요.
그러세요.
뭐 어때요. 사랑했었다

* 마스코트 *

언제나 갖고 다닐 수 있고
보고플 때 꺼내보고
화가 날 때 던져버렸다가
'미안해' 하며 쓰다듬어 주고
무심히 며칠을 보내다
언뜻 생각나 꺼내 한번 웃어주고

주인이 봐주기만을 바라는
마스코트는
행여 슬픈 표정 지으면 버림받을까
그렇게 늘 웃는 마스코트는
매일밤

.

.

.

.

운다.

유리창

씁쓸한 유리창는 마시니 눈물이 난다.

그 눈물에 너의 이름이 떠오르는건 왜인가.

이젠 잊어야지.

너로 인해 나를 없지 말아야 한다고 결정했는데

다시금 되새겨지는 너의 영상은 무언가.

다시는 유리창는 마시지 않으련다.

감춰진 너의 이름이 또 내 눈치을 부를테니.

감춰진 내 눈치이 또 너의 이름을 부를테니.

1996. 11. 6.
ki ki

담배를 피며 내 얘기를 했지.

매캐한 담배연기가 눈에 들어가 눈물이 조금 났어.

모두들 놀리더군.

"사내자식이 떠는 여자때문에 눈물을 보이다니···"

아니라고 말하려 할때

더 많은 연기가 눈을 자극해 눈물을 부르더군.

"아니야, 그게 아니야"

부정하오가 적정하다가···

알수 없는 눈물이 서러워 울고 말았지.

1996. 11. 7.
ki ki

1996. 11. 7. 목요일.

별로 하는일 없었다. 작업같지 않은 작업을 하고, '천년의 사랑' 희천 등등히 있고.

죽죽 조증하고 아쉬 빨았다. 한 말도 별로 없다. 편지도 안 오고, 역없정은 무너였을까.

* 유 자 차 *

시큼한 유자차를 마시니 눈물이 난다.
그 눈물에
너의 이름이 떠오르는 건 왜인가
이젠 잊어야지
너로 인해 나를 잃지 말아야 한다고
다짐했는데…
다시금 되새겨지는 너의 영상은 무언가
다시는 유자차를 마시지 않으련다.
감춰진 너의 이름이
또,
내 눈물을 부를 테니.

1995. 11. 25.
Ki Ki

* 부정 *

담배를 피우며 네 얘기를 했지
매캐한 연기가 눈에 들어가
눈물이 조금 났어.
모두들 놀리더군.
'사내자식이 떠난 여자 때문에 눈물을 보이다니'
아니라고 말하려 할 때
더 많은 연기가 눈을 자극해
눈물을 부르더군.
"아니야, 그게 아니야"
부정하다가
부정하다가
알 수 없는 눈물이 서러워
울고 말았지.

1995. 9. 26.
Ki Ki

새우 卒業기 紀念 날.

* 기 다 림 *

아~ 님은 언제 오시려 합니까.
초라한 내 모습을 둘러보며 한숨 짐니다.
감각이 무뎌지는 손과 발.
한숨 짙은 입김은 어둔 하늘에 산산히 흩어진다.
쓸쓸한 바람이 텅 빈 가슴을 스칠 때마다
님을 생각하는 입가엔 미소가 스친다.
굳어지는 발을 구르고 손을 비빈다.
초조한 눈길은 시계만 쫓아다닌다.
기다림은 아무것도 없는 내가
님에게 줄 수 있는 단 하나의 선물.
이 선물마저 저버리시는 님과의 인연도
이것으로 끝입니까.
무거운 발걸음을 돌리며
행여 금방이라도 님이 오실까 뒤돌아 봅니다.

기다림 I.

아~ 님은 언제 오려 합니까.

초라한 내 모습을 V보며 하늘봅니다.

초라한 숲그늘 시계바늘만 돌고요

스산한 바람이 틈새 가슴을 스밉때마다 님을 생각하는 맘에 미끄러 질다.

한움큼은 입김은 어둠 하늘에 살며시 흩어진다.

기다림은 님에게 줄수있는 단 하나의 선물

이 선물마저 거부되는 님과의 인연도 이쯤도 끝입니까.

무거운 반것들은 돌리며

행여 님이 오려까 뒤돌아 봅니다.

기다림 II.

음악스럽지 느낀 우리의 만남과 이별.

필연이었던 만남이여 원치 않은 이별이여

이제는 만남의 전례로 헤어짐만 남았는가.

외며보였던 네 이름은 깨어나며 흩어져 나려고

가득 사랑으로 감겨 오던 넌 빛으매여

오늘도 이 거리를 쓰지 못하고 서성인다.

기다림 III.

너를 피하는 너의 눈빛은 경직된 인듐을 여서 만번 깨뜨린다.

돌그늘 시간이 약을 먼다는인가.

얼마나 많은 시름에 하느냐.

자연스럽지 못함은 아직도 우리를 잊지 못함이 없는가.

다가가는 만큼 가까워 지지 못하는 너는

이젠 내게 시간은 멈추고

* 변 함 없 이 *

나를 피하는 너의 눈빛은
경직된 마음을 다시 한번 깨뜨린다.
흘러간 시간이 아직도 모자름인가
얼마나 많은 세월이 지나야 하는지.
자연스럽지 못함은 아직도 우리를 잊지 못함이었을까
다가가는 만큼 가까워지지 못하는
너는
이젠 내게 시간을 멈추고
어제도 내일도 변함없는 오늘로
내 마음에 기다림만을 채운다.

1994. 9. 25.
ki ki

* 허 상 *

너의 뒷모습을 본 이 자리
난 지금도 너가 오기를 기다리고 있다.
말을 건넬 수도
웃음을 지어 보일 수도 있었는데…

바라던 희망은 너의 뒷모습처럼 작아져가고
아무리 기다려도 너가 오지 않는다는 걸
안 지금
너의 허상만이 웃으며 다가오고 있다.
나도 모르게 눈이 너의 그림자를 쫓는다.

대화. 좋았다. 모닥불. '가' (T.V 드라마) 감동적으로 봤고. 도더반 특배들한테 편지을
오는 ~ 좋은 하루연다.

1996. 11. 14. 목요일.
테니스장 청소 하고, 죽원지만 괜찮았다. 축구 조금 하고, '여자의 남자' 점심때
읽고. 세인이 편지가 왔다. 좋은 친구. 세인이한테 편지썼다. 외박때 얘기.
진주한테 편지썼다. 많은 담배 축귀. 아~ 고픔의 시작이여, '여자의 남자'
다 읽었다. 음~ 정말 좋은 책이 아닐 수 없군.

1996. 11. 15. 금요일.   "기다림 Ⅳ"

　　어제가 아니었다면 오늘일까.

　　오늘이 아니라면 내일일까.

　　그렇게 하루가 하루가 지난다.

　　기다림으로···

　　감기처럼 가볍지 않지만

　　베인것처럼 자극적이지 않지만

　　어느날 언뜻, 기다림에 지쳐 쓰러질지 모른다.

　　기다림이 끝나는 날

　　환한 그대 미소를 보게 될까

　　눈물짓는 내 모습을 보게 될까

　　조금만 더 기다려볼까

　　아예 지금 포기해버릴까.

　　어제와 다름 없는 죽음속에도

　　기다림의 하루는 지난다.

　　어제처럼 그제처럼 그 먼 태고 옛 처럼···

                                    1996. 11. 15.
                                    저녁 漢陽中 KiKi
                                    건인 도배가 돌린께~

* 그 때 처 럼 *

어제가 아니었다면 오늘일까
오늘이 아니라면 내일일까.
그렇게 하루가
하루가 지나간다.
기다림으로…

감기처럼 가볍지 않지만
베인 것처럼 자극적이지 않지만
어느 날
덜컥 기다림에 지쳐 쓰러질지 모른다.

기다림이 끝나는 날
환한 그대 미소를 보게 될까
눈물짓는 내 모습을 보게 될까
조금만 더 기다려볼까
아니 이제 포기해버릴까

어제와 다름없는 물음 속에도
기다림의 하루는 지나간다.

어제처럼
그제처럼
그 먼 태고 옛 처럼.

＊

가는 사람이 있으면 남는 사람도 있으련만
무엇으로 그대를 위로할까.
밤을 새워 너에게 편지를 써도
할 말은 없고 말 줄임 표시만 ···

나 가는 것 두려워 않지만
너 남아 가슴아파 할 것 만이 오직 하나의 두려움.
슬픈 눈빛만 맴돌며 따라오니
차마 널 두고 갈 수는 없는데··

우리의 시간은 만날 때 부터 유한한것.
어느새 이별의 끝으로 여기까지 왔네.
시간이 지나면 잊혀 질 날 있겠지만
떠나는 지금 이 마음은 ···

훗날 저 먼 하늘에서 너를 생각하고
지나온 얘기가 떠오르면
너를 위한 詩를 쓰며
슬픈 마음 조금은 덜덜테지.

* 말줄임 *

가는 사람이 있으면 남는 사람도 있으련만
무엇으로 그대를 위로할까
밤을 새워 너에게 편지를 써도
할 말은 없고 말줄임 표시만…

나 가는 것 두려워 않지만
너 남아 가슴 아파할 것만이 오직 하나의 두려움.
슬픈 눈빛만 맴돌며 따라오니
차마 널 두고 갈 수는 없는데…

우리의 시간은 만날 때부터 유한한 것
어느새 이별의 끝으로 여기까지 왔네.
시간이 지나면 잊혀질 날 있겠지만
떠나는 지금 이 마음은…

훗날 저 먼 곳에서 너를 생각하고
지나온 얘기가 떠오르면
너를 위한 詩를 쓰며
슬픈 마음 조금은 달랠 테지.

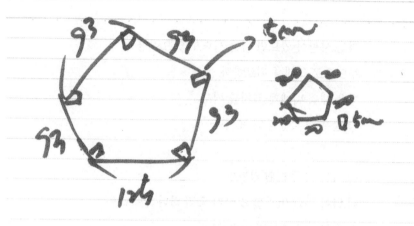

돌아가 있음 I.

허공으로 뜻도 없는 나는 느낌은데

비로서 나는 너 둘러서 매몰차게 돌아가는 것이 아픔을 느낀다.

본이도 본이라 않고

돈이도 돈이라 않는다.

이어 내 마음이, 영혼이 내게 읽지 않음를

저 먼 곳에 있는 그의 주위를 맴돌고 있음을.

주위만 온통 허상만이 나를 둘너되고

돌이여 읽고 있는 나는 지금 어디에 있는가.

돌아가 있음을 그대는 본성 돌이어야 깨닫는다.

1995. 5. 27.

* 그의 주위 *

아무것도 할 수 없는 나를 느꼈을 때
비로소 나는
나 혼자서 세상을 살아가는 것이 아님을 느낀다.

보아도 보이지 않고
들어도 들리지 않는다.

이미 내 영혼이 내게 있지 않음을
저 먼 곳의 그의 주위를 맴돌고 있음을

주위엔 온통 허상만이 나를 둘러싸고
홀로이 울고 있는
나는 지금 어디에 서 있는가.

혼자가 아님을
그대를 보낸 후에야 깨닫는다.

1996. 5. 14. 화요일.

분위기가 너무 안좋다. 정기휴가자도 휴가 못나가고. 제선·건특은 연병장에서 큰정맞고 왔고있다. 오전에 안진주 병장님과 소각장 청소하며 얘기하고. 음어 특정받고 최고에서 빈둥거리며 응답하고. 총 수입하고. 은특은 힘이 없어 보이고 나 역시 가슴 한 쪽이 비어가는것을 느낀다. 미래가 싹 사라진것처럼. 음쓸. 더욱이 연발받는건 터무대 건창들의 비웃음, 쌍. 이가 갈리게 만든다. 종두두두 인것을. 자신들에게 다시 돌아가는걸 은느는 그 여겨움을 조롱한다. 밥이 썬다면 겸겸이 자기나 하지. 최하의 인간을 대하며 개무서를 인런다. 즐거웠던 성성은 망상으로 변해버리는것 같다. 이 때에야 말로 힘을 버서 원가를 이뤄 본 때지. 해보자. 은특은 힘들어하는데. 언젠가 돌아온 봄을 빛을 위해서. 우리 은특 힘내자. 지현 화이팅!!

　　　　　　이제야 운명적 사랑을 만났네.
　　　　　　그러나 운명은 우리편이 아니네.
　　　　　　미련 속에서 다는 길을 떠나네.
　　　　　　다시는 같은길을 갈 수 없다네.
　　　　　　숙명은 아품을 외면한채 간다네.
　　　　　　혼돈속에서 내 생명은 빛을 본다네.

　　　　　　차라리 그대 이 세상을 떠났다면
　　　　　　처럼도 베들것을.
　　　　　　한공간, 한 사정에서
　　　　　　그대 웃는 모습을 보는것은
　　　　　　죽어 이별하는 것보다 더 마음 쓰라네.
　　　　　　우리 이별이 하늘의 뜻이었다면
　　　　　　하늘을 원망하며 욕했겠지 만
　　　　　　이별이 그대의 의지연기에
　　　　　　사랑하는 그대 미워할수도 없는데.　　1995. 9. 15. KiKi

문득

* 차 라 리 *

차라리 그대 이 세상을 떠났다면
체념도 빠를 것을
한 공간, 한 시점에서
그대 웃는 모습을 보는 것은
죽어 이별하는 것보다 더 마음 아프네.

우리 이별이 하늘의 뜻이었다면
하늘을 원망하며 욕했겠지만
이별이 그대의 의지였기에
사랑하는 그대 미워할 수도 없는데.

미련

머리키꾹은 달라벤다.
그 달려바는 머리키꾹에
내 마음속의 그 사람을 함께 걸라벤다.

식발을 하고 싶다.
일말의 미련없이 그 사람의 존재는 無로 돌리고 싶다.

현실에 있는 자신이 타인의 이목이 두려워
식발만은 주저하게 된다.
그 사람은 여전히 남아있다.
식발을 못하는것이 단지 이목만이 두려워서인가...
이젝 내 마음엔
의문과
그 사람이 남아있다.

*   미 련   *

머리카락을 잘라낸다.
그 잘려나가는 머리카락에
내 마음속의 그 사람을 함께 잘라낸다.

삭발을 하고 싶다.
일말의 미련 없이 그 사람의 존재를 無로 돌리고 싶다.

현실에 있는 자신이
타인의 이목이 두려워
삭발만은 주저하게 된다.

삭발을 못 하는 것이 단지 이목만이 두려워서인가

아직 내 마음엔
의문과
그 사람이 남아 있다.

변할까 두려워 머뭇거린 시간이
변치 않을 너에게 그만큼 변할
시간을 주었다.

그리하여 헤어질때 청순한 소녀는
다시 만났을 땐 이미 성숙한 여인.

너를 떠나보낸 소년은 그리워하고,
아파했던 시간의 흐름에 따라
이제는 어느덧 늙은한 청년으로.

지금 우리가 만난다면 서로들
예전의 모습만 기억하며 바로
옆에서 서있여도 그녀가 그녀인지도
모르고 그대가 그대인지도 모른다.

기억속의 그대가 아닌 낯선 그대를 보며
어색한 공간속에서 애써 지난 기억들을
끄집어내며 얘기를 나눠요…

이미 그대와 나는 기억속의 과거의
그사람은 될 수 없는 걸.
그래서 이젠 웃음으로 그대를 떠나보낸다.

1994. 5. 7. 土

* 흐른 시간 *

변했을까 두려워 머뭇거린 시간이
변치 않을 너에게
그만큼 변할 시간을 주었다.

그리하여 헤어질 때 청순한 소녀는
다시 만났을 땐 이미 성숙한 여인.

너를 떠나보낸 소년은
그리워하고 아파했던 시간의 흐름에 따라
이제는 어느덧 늠름한 청년으로.

지금 우리가 만난다면
서로들 예전의 모습만 기억하며
바로 옆에서 서성여도
그녀가 그녀인지도 모르고
그대가 그대인지도 모른다.

기억 속의 그대가 아닌 낯선 그대를 보며
어색한 공간 속에서
애써 지난 기억들을 끄집어내며 얘기를 나누어도

이미 그대와 나는
기억 속의 과거의 그 사람은 될 수 없는 걸

그래서 이젠 웃음으로 그대를 떠나보낸다.

가슴이 아프다. 아니, 폐가 아픈지 같다. 담배때문일까. 피로하다.
　　한참 편질 썼지만 분별 생각은 없다. 역시 시간의 공간
의 거니는 보선을 밀으키는데 중요하다. 오늘이 효초 이었다. 어쩐지
춥더라. 겨울이다. 얼만큼 떨리나. 그간 받은 옛동의 편지 읽어보고.

「효초」

그대는 조용히 당신은 이별을 말했읍니다.

그대나 친가의 웃전은 왜 그대로 것인깃까요.

겨울의 문턱에서 선고되어진 우리의 이별은

마치

늦가을 미처 겨울은 대비치 못한

천여처럼 내 몸 둘도록 뜨겁게 하였읍니다.

한동안 망연하게 당신을 보았읍니다.

늦가을의 서느람을 닮은채

초겨울의 매서움을 닮은채

당신은 나를 바라보고 있었읍니다.

어쩌욱은 내가 미리 준비했어야 하는건데

나는 너무도 어리욱었기에

어느새 당신의 겨울이 시작된것을 느끼지 못했읍니다.

내게 낯설었던 겨울만이

난데부터 여린 내 마음은

격렬히 열게 합니다.　　　　1996. 11. 8. 시작 근무중
　　　　　　　　　　　　　　　　ki ki

1996. 11. 8. 금요일.

테니스장 작업명을 부르는데 몸이 계속들하여 거부하고. 결국 언언버거 그냥 땄다. 능동은

* 입 동 (立 冬) *

조용히 당신은 이별을 말했습니다.
그러나 귓가의 울림은 왜 그리도 컸던 걸까요
겨울의 문턱에서 선고되어진
우리의 이별
늦가을,
미처 겨울을 대비치 못한 철새마냥
내 몸 둘 곳을 모르게 하였습니다.

한동안
망연하게 당신을 보았습니다.

늦가을의 서늘함을 담은채
초겨울의 매서움을 담은채
당신은 나를 바라보고 있었습니다.

미리 준비했어야 하는건데
나는 너무도 어리석었기에
어느새 겨울이 시작된것을 느끼지 못했습니다.

내게 남겨질 겨울만이
벌써부터
여린 내 마음을
격렬히 떨게 합니다.

03 마주보기 (가을) —————————

* 마 주 보 기 *

무언가와, 누군가와 마주본다는 것은 의미가 있다.
마주볼 수 있는 대상이 있다는 것은 의미가 있다.
그것은 이미 '나'와 '너'만이 아닌
'우리'라는 한 테두리가 생겼음을 의미한다.
자신과 싸우며 세상과 싸우며
외롭고 고독하게 지내온 시간.
이제 더 이상 혼자가 아니며
함께할 사람 있음을 의미한다.
한번 바라본다고 해서 세상이 우리에게 미소 짓는 것이 아니고
한번 쳐다본다고 해서 세상이 우리를 안아주는 것이 아니다.
모두가 처음엔 낯선 모습, 낯선 타인들.
자신과 다른 모습에 우리들은 쉽게 외면해버리기도 한다.
서로 다른 모습으로 우리들은 살며 수많은 이별을 하고
그에 따른 고통을 느낀다.
누군가와 마주본다는 것.
그 안에는 세상의 다른 모습을 감싸주고 포용해주고
이해해주는 사랑이 있는 것이다.
완전한 모습일 수 없는
모두가 부족한 불완전한 모습으로 서로를 보듬어 줄 때
우리는 삶의 진정한 기쁨과 행복을 맛볼 수 있다.
살아온 길이 다르고 방식이 달라도
이제는 같은 곳을 응시할 사람이 있다는 것은
참으로 의미 있는 일이다.
삶은 '나'와 '너'만이 아닌 '우리'가 함께 가야 할 여행
기쁨을 함께하고 슬픔을 함께하는
발걸음이 달라도 마음만은 같아
서로 마주보고 웃을 수 있는
마주본다는 것은 함께이기에 아름다운 것.
마주본다는 것은 의미가 있다.

잠은 흩어며 뒤척이고
벽시계의 흐릿소거는
깃가에서 크게만 울긴다,
더낙게 오는 아침은 그덕하며
사낭이란 만여워
그녕의 이름 하나로
나는 또 이밤을
괴로워한다.

* 이 밤 *

잠을 청하며 뒤척이고
벽시계의 초침 소리는
귓가에 크게 울린다.

더디게 오는 아침을 고대하며
사랑이란 단어와
그대의 이름 하나로
나는
이 밤을 괴로워한다.

소리없는 교향곡.

나 가면 울깨야.
"사랑했어"
울깨놓고, 바보야
"사랑했어"
울깨놓고. 너
"사랑했어"
• 웃지마
"눈물 닦어".
→ "웃지마".

나 가면 울깨야
...
울깨놓구
...
울깨놓고 너
...
웃지마
...
"웃지마"

아직도 한줄 모르는 영식아
넌 너무 많은 사랑은 했어.
난 한번의 사랑도 못했는데.
넌 천방지축 아냐
쏘 비웃는거야
사랑 한번 해봤으면
이렇게
고 보내면 않았을텐데 ... 께야

* 그 러 지 마 *

나 가면 울 꺼야?

"…"

울 꺼냐구!

"…"

울 꺼구나 너.

"…"

울지마.

"…울지마"

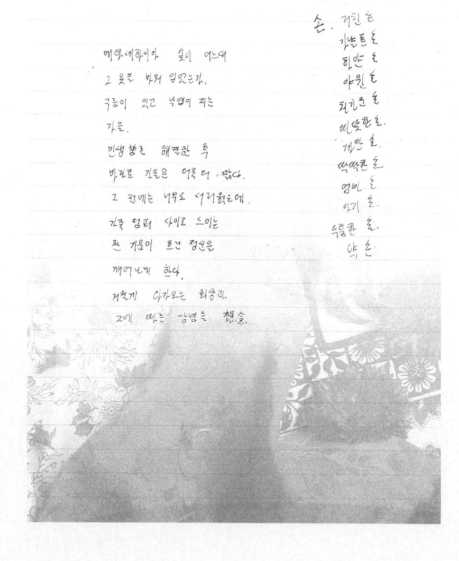

메닷세콰이아 잎이 어느때
그 옷른 바뀌 입었는가.
구름이 있근 낙엽이 지는
가을.
민생 뿔르 해껜한 후
바뀌본 기온은 어욱더 .많다.
그 전에는 너무오 서러웠는데.
가죽 점퍼 사이로 스이는
찬 기움이 흐건 정인은
깨어나게 한다.
거척게 아가오는 회응라.
그에 없는 상념은. 想念.

손. 거친 손
가냘픈 손
하얀 손
야윈 손
화가온 손
바땅한 손.
개만 손.
딱딱콴 손
엄마 손
아기 손.
두릉콴 손.
약 손

* 손 (手) *

거친 손
하얀 손
야윈 손
가냘픈 손
차가운 손
따뜻한 손
까만 손
딱딱한 손
엄마 손
아기 손
두툼한 손
부드러운 손
약손
.

.

.

너의 손
한번 제대로 잡아보지 못한
불쌍한
내 손.

앞장 목록
LG 마에스트로 (영경)
매끈 금요일 7시 재즈공연
1등에서 맞추 . 연주무료 .

너땐 느낌에 뒤돌아 보니
아무도 없다 .
자꾸 자꾸 뒤돌아 봐도
너는 없다 .
지겨운 술박꼭질 、
이제 그만
기다림에 지친 내게
널
보여주라 앙껭이
10 .14
KiKi

" 뭐하니 ...
" 기다려 "
" 누구를 "
" 오지 않을 사람을 ... "
" 오지 않을 사람을 왜 기다려 "
" 보기 싫어서 ... "
11 . 20 .
KiKi

* 그럴까 싶어서 *

'뭐하니…?'

"기다려"

'누구를…?'

"오지 않을 사람을…"

'오지 않을 사람을 왜 기다려…?'

"…올까 싶어서…"

누워 시계를 본다.

일어나야지
무언가 해야지
누워 시계를 본다.
삶이 무한할 것 같은 착각에
우리는 모두 조금씩
자신의 죽음을 가깝게 불러들인다.

이제야 운명적 사람을 만났네
그러나 운명은 우리 편이 아니네
이별 속에서 다른 길을 떠나네
다시는 같은 길을 갈 수 없다네
숙명은 아픔을 외면한 채 간다네
흔듦 속에서 새 생명은 빛을 만드네.

너에게
'사랑한다' 말하면
우리 사랑의 원인이 될런지
우리 이별의 결과가 될런지
` ` ` `

116

* 그 러 네 *

이제야 운명적 사랑을 만났네
그러나 운명은 우리편이 아니네
미련 속에서 다른 길을 떠나네
다시는 같은 길을 갈 수 없다네
숙명은 아픔을 외면한채 간다네
혼돈 속에서 새 생명은 빛을 낸다네

우리는 많은것을 기다린다.
입학을, 졸업을, 취업을, 결혼을 . . . .

닫갑지 않은 죽음은
언제 껴들지 알수 없다.
내일의 내가 어떻게 될지 누가 말해 줄수 있는가.
나는 이 순간
'사랑한다' 는 말들 작게 되까려 본다.

시간의 흐름이 고마운건
무언가를 흐렷하게 해준다 는 거다.
가령
눈물들 옅은 미소 정도로 . . .

누구나 한때는
누구도 동행해 주지 않는
자신만의 길을 가야만 한다.

"가 · · "
조금은 의아 했을까
조금은 원망 했을까
하지만
"가 · · ·

118

* 가 령 *

시간의 흐름이 고마운 건
무언가를 흐릿하게 해준다는 거다.
가령
눈물을 옅은 미소 정도로…

우리는 삶에 가장 중요한것이 무어란 말인가. 세월이 아무리 흘러도 변치않은 가
치란 무엇이란 말인가. 당장 눈앞의 것이 진실하다 하여도 시간 지나 그 의미 변치
않으리라고 누가 장담할수 있단 말인가. 무엇이 중요한건가. 어떻게 살아야한단
말인가. 사랑도 변하고 꿈도 퇴색되고 친구도 떠나버리는 그 숱한 시간의 일점
에서 무엇은 중요로 무엇은 비껴면서 살아야한단 말인가…

오후까지 일직 근무 엥뱅이다. 조용하고 날씨도 더한나위없이 화창하다. '상선의 '
를 읽고 있다. '뜬뜬하삼' 란 감탄이 오랫만에 든다. 아니 어쩌면 처음인지도
모르겠다. 무든것이 가슴에 와닿았지 않고 관통해 버리기에 뜬뜬한 여운이 들긴다.
"누가 한때는 누구도 동행해주지 않는 자신만의 길은 가야만 한다" — 노트.
성진형한테 편지도 쓰고. 대가움 정도의 습식. 많은 유엔비어들 속에서도 흔들리
지 말아야지. 깜깜해질때까지 종극하고 땀흘려 샤워하고. 담배. 커피.
무슨 생각은 하는지 모르겠다. 사고기능이 사라진듯. 잠시도 머물러있지 않는다.
　　　　　　방이어서 내용이 약간 이상했는지도 모른다.

1997. 3. 14. 금요일.
아침 바깥이 촉촉하더니 연극 비는 뿌린다. 추웠다. 그 어두컴컴한 눈덮들이
바람이 매서웠다. 피곤하다. 뼈마디가 쑤셔거린다. 사람들한테 화가났다.
미워진다. 그렇기에 홀로있는다. 옥은 울어볼고 싶다. 낮잠은 깨 없다. 비는
저녁무렵때 까지 뿌렸고. 따뜻한 커피. 후레쉬. 편지지. 편지봉투론 산다. 책없고.
새벽에 잠시 축위의 흐름리 싸우고.

1997. 3. 15. 토요일.
길게 느껴지는 한주가 지나고 이제야 주말의 여유로움은 맛보는것같다. 아침에
'상선의 시대' 를 다 읽었다. 지금은 이싱회우스 하는걸 교양 본건있다. 눈덮가
여전히 촉촉하다. 저 먼 로으로 끌려가는 기분이다. 아련한 감상의 수렁으로…

* 동 행 *

누구나 한때는
아무도 동행해 주지 않는
자신만의 길을 가야만 한다.

아침이 오면
선명한 느낌과 함께
전날의 술기로 무거워진 머리를 구리게
머기운 담배를 너들이 입에 문다.
지거운 내 이들 안고   오늘도 휘청거려야 한다.

너는
세가 너의 사랑이 었두없다 한다.

그래서
함께 했던 시간들 물어들채 안했어.

"가!"
조금은 의아했는가
조금은 원망했을까
하지만···
"가라!"   1997. 9. 4.
                           김신

* 가 *

"가…"

조금은 의아했을까
조금은 원망했을까

하지만

"…가"

해소되지 않는 목마름에 술을 마신다.
언제쯤 이 갈증이 풀릴까 계속해서 술을 마신다.
아침에 일어나 하루종일 풀리지 않는 숙취에
목마름이 생기고 그 갈증을 풀기 위해 밤이 오면 그렇게 술을 마신다.
너가 오기전엔 해갈이 되지 않음을 알기에
난 오늘밤도 술을 만는다.
그리고
너를 증오한다.

나는 새 책을 사지 않는다.
나는 새로운 음악을 듣지 않는다.
나는 새로운 장소를 찾아가지 않는다.
새로운 곳에서는 너의 정취를 느낄수가 없다.
그렇게 나는 너가 있는 과거에만 머물러있다.

* 나는 *

나는 새책을 사지 않는다.
나는 새로운 음악을 듣지 않는다.
나는 새로운 장소를 찾아가지 않는다.
새로운 것에서는 너의 정취를 느낄 수가 없다.
그렇게 나는
너가 있는 과거에만 머물러 있다.

한나님과의 만남으로
단한세상이 열리고
그 열린세상에 받은 배일어
새로운 세계를 온 몸으로 느낀다.

너무도 아름다운 세상에
흩어져 자꾸 가슴저리지 않는
문득 떨리워짐을 느껴진다.

그대는 만난다는것,
새로운 세계가 열린다는것,
다시 태어난다는 것.

이 세상에 하나의 빛을 주기 위해
받은 '나' 를 이기기 위해 노력하리라.
이것은
죽음을 아름다움으로 승화시키 위해
오늘의 삶을 값지게 꾸민다.

사는것은 기쁨이나,
죽음을 위해 그날을 준비하는
삶으로 죽어
자나 바람 기쁨이 될 뿐이나.
그것도 그대는

여레 그대와 다툰건
그 하는 후회지 못한해
지금 법을 먹고 있더라도
친다. 그대에게 이 순간
무슨일이 생겨 다시는 못볼 나라면
그처럼 억울은 일이 있는가
싫언 밥을 뱉아버고
그대에게 달려가
끼치부나
사과하부나.
영원는 오르는 그대 손을 붙인다면
기뻐하부나
감사하부나.
그대가 나와 함께 있음은
내 믿은 향을 살려
감사하며 기도하부나.

1999. 5.19
KTM

누가 당신에게
이통 을 남겨 두어

만남에 이미 헤어짐은 준비하는거요.

있는은 나의 이으는 죽음을 맞이하며
눈물 속의 결같은 없었은 본다.

그대 에게는 영원은
내 눈물에 기기겠고
그대 에게는 그릇은
내 그대응 들에 버두겠다.

함께 있던 그래서 오르는 흔들 우멋네
오늘도 계미지에 맞으며
오후 결같이 나면만 이 거래에 앉구나
내게구 했네 시간이전 화녹로 것이 죽연과 미래에 오르겠다
같은 우 없은는는 4건별 대나며
오 오 도 있는 그래음 이었으오.

* 누가 *

"누가 그랬어?"

"어? 누가 그랬어?"

누가 그랬기에
그리도 그대는

만남에 이미 헤어짐을 준비하는지요.

사랑을 믿지
사랑은 믿을수 없어.
이별을 믿지
이별을 믿을수 없어.

믿는게 많은
난 아는 너는
너의 침묵을
이해한테지.

그때 떠나는 영상을
내 눈에 담아놓고
그때 떠나는 그대를
내 기억속 들에 묻으리라

연경.

하지만

미움은 사랑으로 변하는도 알지만
경멸은 사랑하려 하는 마음조차 없어지게 한다.
그로
자신의 행동이 경멸받기는 않나 돌아본 일이다.

* 그 대 *

그대 떠나는 영상은
내 눈물에 자리잡고

그대 떠나간 그곳은
내 그리움의 끝에 머무른다.

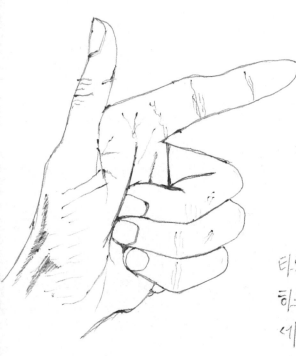

그대 아는가.

타인에게 손가락질 하면

하늘에 반고되어

네게의 손가락이

그대를 향한다는것을.

화살을 잇는 사람은

과녁을 탓하지 않는다.

자신의 자네에 잘못이 있음을 생각한다.

한번쯤 그대를 돌이켜 봄이

좋지 않을까.

1994. 10. 26.

선거관리위원회

Ki Ki

130

* 저 멀 리 *

세월의 활에 시간의 화살을 먹여
저 멀리 미래에 쏘았던가

잡을 수 없는 것은 시간뿐 아니라
함께 웃을 수 있는 그리움이었던 것.

아무런 말을 하지 않았지만
충분히 알수 있었습니다.
그대의 침묵이
우리의 이별을 통고하는
말없는 대답이란것을 ...

말하지 않은 때에 적게나마 빛을 내는
그러나 말되고 싶기에 정차 빛을 잃어가는
너와의
지는 시간.

* 대 답 *

아무런 말도 하지 않았지만
충분히 알 수 있었습니다.
그대의 침묵이
우리의 이별을 통고하는
말없는 대답이란 것을…

누워 시계를 본다.
일정한 간격으로 돌아가는 초침.

누워 시계를 볼때
누군가는 숨, 때의 갈림에 서 있기도 한다.

일어나야지
무언가 해야지
누워 시계를 본다.

삶이 무뎌한것같은 흑가에
우리는 문득
조금씩 라신의 죽음을 가깝게 보게된다.

그대를 만나
발견된게 있다면 예승입니다.
그대를 잃고
얻은게 있다면 그건 낫.

＊ 나 ＊

그대를 만나
발견한 게 있다면 세상입니다.

그대를 잃고
찾은 게 있다면 그건 나.

- 만렙넌 -

넌 웃기는 안렙아.
너무 현학적이고 난해해.
그래서 난 해학적으로 이해했다.
뭔가 딩련치고 기발한거 없을까?
기발콩이다...
기발기발기발기발기발...
발기야때?
그러자 그가 깔깔대며 웃었다.

넌 그렇게
웃는 사람이 아니라
웃긴 사람이 되었다.

* 말 장 난 *

넌 웃지를 않잖아
너무 현학적이고 난해해
그래서 난
해학적으로 이해했다.

뭔가 참신하고 기발한 거 없을까?
기발함이라…
기발기발기발기발기발기발기발기…
발기 어때?
그러자 그가 깔깔대며 웃었다.

난 그렇게
웃는 사람이 아니라
웃긴 사람이 되었다.

1995. 1.

경선일을 보내

Ki

* 사 계 *

봄
겨울,
겨울은 흐르는 시간을
얼어붙게 만든다.
더딘 시간의 한가운데 서서
더디게 오는
봄의 내음을 맡는다.

여름
외로움의 눈물이 장마비로 내리고
그리움의 폭염에 가슴이 메마른다.

4주정도 밖에 안 됐나.
영속이 안 됐나.
뭐하나 파서
뭐하하면 여러가
됐나.
바보야.

My heart is filled
with freedom
because my thoughts are
filled with you.

웃음. 잊어버린 기억.
아픔

미지의 호기심과 기대의 여행.
영원히 살 있다는 것은 언젠가 죽을수 있는것이 있는 건 아닐까.

독여중. 여행. 온계. 측임감.
어떻게 해야 할까. 축제력 함께.
거대의 걸음. 19세. 들겨로의 귀로
말씀함. 건강한 약장은? 둘은 중요해 맞아.   善
헤어짐의 말로. 손. 역량. 용용. 음목.
나연. 바라보는 눈. 여가을. 절여. 무력임.
무언을 바라느냐. 망중. 기쁨과 슬픔. 통증.
사랑은. 무엇이 옳은가. 후배. 옳은 약조.
유혹한 너. 사항. 악. 땀꾹. 버림. 헤어짐.
흔흔한 연결. 죽을때 까지 기억남는 약점. 저림이.

1박 2일.   나는 善 하려만 건강한 善을 모르고
나는   나는 善 하려만 건강한 善을 모른다.
너의 웃음이 좋고   너의 눈빛이 무엇을 의비하려도 모르고
좋음이 좋았다.   그것은 확실히 이해한다고 흔쾌기도 어려워.
사랑이라 말이 어렵다.
흔하게 흔하고 좋아하기에   내 안의역아 깊이 빨려서도 모른다는건이
나는 어렵게 했다. 본 나도 인물인가도 모르기에
                        어리기기가 힘들다.
                       사랑이 좋다 라나야 연결고.

가을

밥을 많이 먹었다.

누가 그런다.

가을은 식욕의 계절이라고.

밥을 많이 먹었다.

지금이 가을이란건 의식되지 않는다.

다만,

채워지지 않는 허기짐에

밥을 많이 먹었다.

허나,

내게 필요한 건 한 솥 밥이 아니다.

비어 있는건 위가 아니고 가슴이기에.

채울 수 없는 것을 채우려

밥을 많이 먹었다.

목이 메이도록…

겨울

얼어붙은 공기는 차갑게

내 가슴에 부딪쳐 서걱거린다.

담배연기조차 얼어버려

승화되지 못하고 불 주위에 몰려든다.

둥근 달이 강한 추위에

하얗게 질려버렸다.

비가 눈이 되어 떨어지고

내 열정은 재가 되어버린다.

김치 국물 마시기.

'온다. 온다. 으히히 이건 왠 떡이냐.'
머뭇거리며 붉게 물든 얼굴로 다가오는 귀여운 소녀.
'흐흐. 눈치채고 있었지. 며칠 전 부터 나를 주시했었다는 걸'
'아무나 뻐기 멋있어도 그렇지. 저렇게 이쁜애가. 봉이다 봉'
"저 . . . " 더욱 붉어진 얼굴이여.
'그래. 빨랑 말해라. 너야 두말해도 O.K 이지. 야나,
이럴때 일수록 무관심한척. 목소리 깔고. 흐흐'
"무슨 할말있니."

"오래 전 부터 지켜봤었거든요" 수줍음이 묻어둔 듯는 여
'으히히. 알어 알어. 네 마음 알어. 나 좋다는 것 아냐.'
"많이 주저했었어요. 나를 어떻게 생각할지도 모르고 해
'어떻게 생각하긴. 넌 봉이다. 따봉 따따봉이다. 합착하자.'
"글쎄. 난 여자에게 별로 관심을 갖지 않아서"
'일단 한번 튕겨보지. 나름도 존심이 있지. 넙석 물어선 안
"오빠는 참 믿음이 가요. 그래서 . . . "
'두히히. 뭐 그 정도 갖고. 사실 그렇지만. 에이 물렁졌다.
벌써 일이 이루어진걸 아냐. 조금 내 마음을 비틀자'
"사실 나도 너를 오래전부터 주시했었어"
'히히하. 이렇게 좋아하는 사람이 얘기하는데 벽이 안간 여
어딨냐. 히히하'
"저 . . . 그래서 오빠만 믿고 부탁할께요. 이 편지좀
친구분인 영식오빠에게 전해주세요. 비밀이에요. 꼭요"
'에구구. 이 떡은 내 떡이 아니었다.'

기원로그: 그 날 영식은 하수종의 풀죽어 있는 완규를 만났다. ki k

* 김 치 국 물 마 시 기 *

'온다 온다. 으하하 이게 웬 떡이냐.'
머뭇거리며 붉게 물든 얼굴로 다가오는 귀여운 소녀.
'흐흐흐. 눈치 채고 있었지. 며칠 전부터 나를 보고 있었다는 걸.
아무리 내가 멋있어도 그렇지 저렇게 이쁜애가… 봉이다 봉.'
"저…" 더욱 붉어진 얼굴이여.
'그래, 빨랑 말해라. 나야 두말하면 오케이지. 아냐,
이럴 때일수록 무관심한 척, 목소리 깔고…'
"무슨 할 말 있니?"
"오래전부터 지켜봤었거든요." 수줍음이 미모를 돕는 여인.
'으하하. 알어 알어. 네 마음 알어. 나 좋다는 것 아냐.'
"많이 주저했었어요. 나를 어떻게 생각할지도 모르고 해서…"
'어떻게 생각하긴, 넌 봉이다 따봉 따따봉이다, 침착하자.'
"글쎄, 난 여자에게 별로 관심을 갖지 않아서."
'일단 한번 튕겨보자. 나도 자존심이 있지. 덥석 물어선 안 되지.'
"오빠는 참 믿음이 가요. 그래서…"
'푸하하 뭐 이 정도 갖고, 사실 그렇지만, 에이 못 참겠다. 벌써
일이 이루어진 것 아냐. 조금 내 마음을 비추자.'
"사실 나도 너를 오래전부터 주시했었어."
'하하하 이렇게 좋아하는 사람이 얘기하는데 뻑이 안 갈 여자가
어딨나. 하하하.'
"저… 그래서 오빠만 믿고 부탁할게요. 이 편지 좀
친구분인 영식 오빠에게 전해주세요. 비밀이에요. 꼭요."
'에구에구 이 떡은 내 떡이 아니었다.'

에필로그: 그날 영식은 하루 종일 풀 죽어 있는 완규를 보았다.

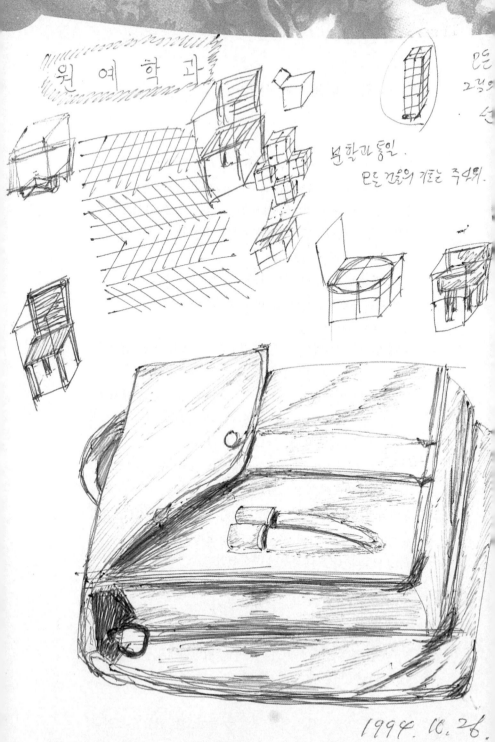

원 예 학 과

북한과통일.

모든 것들의 기도는 주위.

1994. 10. 26.

* 사 랑 교 과 서 *

국어(훈민정음해례본)
나의 사랑이 마음과 달라
언행이 서로 불일치함으로
둔한 당신이 내 뜻을 쉽게 알지 못하는 편이더라
내 이를 안타깝게 여겨
과감히 행동으로 보이려 하나니
날로 사랑함에 더욱 기쁘게 할 따름이니라.

영어
하우두 유두. 아임 파인 땡큐.
우리가 함께한 시간이 얼마인데
아직도 우리는 더 가까워지지 못하고
이렇게 만나도 같은 자리만 맴돈다.
앤듀?

수학(수포자)
너무 힘들어
네 마음을 알 수가 없어.
어떻게 널 이해할 수 있을까.
알아갈수록 더 모르는 것뿐이야.
미안해.
이제 널 포기하려 해.

물리(힘의 3요소)
내가 있어 당신을 사랑합니다.
얼마만큼의 크기로 사랑해야 당신에게 다다를까요.

화학(삼투압)
내 사랑의 농도가 더 짙어
그대가 내게 오는 것입니다.

경제
하루하루 내 마음이 커져만 갑니다(생산)
이 마음은 어디를 향한 걸까요(분배)
오직 당신만이 이 마음의 주인입니다
내 마음을 모조리 가져가는 그대
키우면 가져가고 키우면 가져가고(소모)
헤어나오지 못하는 반복되는 노예생활(갑과 을)

역사
태어나 역사를 잇고
그대를 만나 우리의 역사를 써 내려갑니다.

사회
개개인 누구에게나 그들의 삶이 있고
그들만의 사랑이 있다.

농구했지만 어제와 같은 플레이는 나오지 않았다. 샤워하고. 라면과 음료 사용이 잦았다.

1996. 7. 12. 금요일.
원주한테서 편지가 왔다. 시간상 농구만 했다.

1996. 7. 13. 토요일.
지겨운 시간들을 보내고. 간부교육 오후에 두시간. 그리고 농구했다. 역시 즐겁다. 열정을 바칠 수 있는 일이 있다는것이 정말 좋다. 책도 조금 읽고. 삼일째 원주한테 장문의 편지를 이어쓰고 있다. 친구를 위한 나의 작은 노력일까나.

1996. 7. 14. 일요일.
또 여자가 나오는 꿈을 꿨다. 아침에 농구했다. 힘이 남아있다. 그래서 진걸까. 최선을 다하지 않았기에. 쉬고 싶다는 생각이 드는데 이드럴까. 또 게으름을 피려는 것인가. 오후에 축구하고. T.V 보고. 원주한테 편지쓰고. 생각없이 '휴스트롱' 읽고. 7시 40분에 병현이가 찾아와 한시간 즐겁게 얘기했다. 새삼 그리운 친구.

"달라 로맨스"

여자 : 달이 정말 아름답죠?

남자 : 너 마나. 남자는 달을 오래 봐서 없다는걸.

여자 : 어머! 왜?

남자 : 그건. 달을 오래 보면 달이 여신한테 마음을 빼기니까.

여자 : ···

남자 : 한가지 방법이 있어. (강의듣게) 너의 눈에 비친 달을 보면
달의 여신이 아닌 너에게 마음을 빼기게 돼지.
(가까이 다가가며 눈을 본다) 그러는 ··· 상상에 맡김.

1996. 7. 15. 월요일.
비가 와서 매우 후덥지근하기. 그러나 원주한테 편지만 써서 7장을 썼다. 커피도 많이 마시고 담배도 그렇고. 원주, 어머니 하고 통화했다. 여자애들한테 전화하고 싶은 게 특히 생겼지만 그만 둔다. 무슨 할말이 있다고. 시간이 많이 남았는데 왜 한가. 답답하다. 답답하게 있다가 족구랑 1:1 농구해서 15:10으로 졌다. 땀흘리고 샤워하고. 그 땜때문에 오늘 하루 치킨 외미를 들다. 기쁘다. 역시 마음만 있어면 안된다. 몸겨 뛰고 봐 일이다.

* 달과 로맨스 *

여: 달이 정말 아름답지?

남: 너 아니? 남자는 달을 오래 볼 수 없다는 걸.

여: 어머! 왜?

남: 그건… 달을 오래 보면, 달의 여신한테
   마음을 뺏기니까…

여: 풋, 말도 안 돼.

남: 한 가지 방법이 있어.

여: …

남: "너의 눈에 비친 달을 보면(가까이 눈을 보며)
   달의 여신이 아닌 너에게 마음을 뺏기게 되지"

그리곤… 상상에 맡김! 힘들 내세요.

1996. 9. 2. 월요일.

뜨거운 태양 아래서의 주특기. 육만원 입금하고. 남은 돈 조금 돌고. 편지가 안와 조금
허전타. 아서 어쩌면 많이 그렇게 있는데. 부질없음이 느껴진다. '사랑은…' 조금
읽고. 얘기 많이 하고. 야간주특기가 있단다. 시간이 부족하다. 마음에 감옥을 덜고
안쉬는것에 대해 생각하지 말자. 조용히 시간의 흐름을 보자. '사랑은…' 다 읽었다.
별로없다. 뭔가 기대를 했는데… 야간주특기 하며 가야지. 주특기 후. 오갗앞에 氣의 道
에 대해 형규와 얘기했다.

1996. 9. 3. 화요일.

별로 흘러 않은 하루였다. 이들어 저녁에 한국한테 부치지 않는 텔러 쓰고.

1996. 9. 4. 수요일.

재미없음. 한국한테 4장째 텔러쓰고. 홍반장넣게 「 」 얘기 하고. 그녀나 회이해진
대로 회이해진. 아무런 느낌이 없는. 느낌이 성실한 사람에서 슬퍼하고 있다. 즉
특기는 않고 얘기만 했다. 무엇을 위한 건가. 쉿려고 하는 홍임없는 오늘. 그려나
은어지는 것은 무엇인가. 비욕뒤고. T.V 보고. 책을 읽고. 이렇도 마음에서 비밀은
흘러오하고 있는가.

「길 밖으로 한발은 버릴다」 外還

"그만해! 제발 정신 좀 차려!" K가 회를 버럭 내고 방을 나가버렸다.
무서서 일어나며 시계를 본다. 늦 2시가 넘었다. 배가고파 속이 쓰렸다.
'아무것도 하고 싶지 않다. 이냐. 아무것도 한속 없어' H는 속으로 줄어거렸다.
언제부터 위튼것소리 은든다. 삶에 대한 모든 의욕이 상실했다. 무기력했다.
H는 예전에 있었던 즐거를 떠온렸다. '인생의 비극은 무거가 죽어던가 죽는다는죽이
아니나 언어간게 줄어간는것에 있다' 이것은 슈바이저의 안이였으나.
안고 있었다. 자신은 지금 퇴쪽하고 있고 병들어 있고 그리고 줄어가고 있다는것.
기기를 친구로서 자신의 이런 행동을 답답하게 보는 K가 심정을 이해가 갔다.
그런다고 안한다고 해결될 문제가 아니였다. H는 이 작은 고리장이 더울더 죽지
느껴졌다. 배가 고팠지만 몸이 떨어진것도 맞혀이 됐다. 빈불다시퇴 해서
기나는 때문인 자신이 초라하고 비참했다. 화내며 그냥 쓰려지고 싶었다.
홍각- 방뜸을 때리듯 K 와의 언쟁가 은흐해겠다. 서로 퇴하고 있었다. 반찬 상대의
것이 아니었다. 둘에게는 떨어져 각기 재생리 슬픔을 볼 시간이 필요했다.

* K군 이야기
(길 밖으로 한 발을 내딛다. 외도) *

"그만해! 제발 정신 좀 차려!"

K가 화를 버럭 내고 방을 나가버렸다.

부시시 일어나며 시계를 봤다.

낮 2시가 넘었다. 배가 고파 속이 쓰렸다.

'아무것도 하고 싶지 않아. 아니, 아무것도 할 수 없어'

H는 속으로 중얼거렸다.

언제부터 뒤틀렸는지 모른다.

삶에 대한 모든 의욕이 상실됐다. 무기력했다.

H는 예전에 읽었던 글귀를 떠올렸다.

'인생의 비극은 우리가 언젠가 죽는다는 것이 아니라

살아있는 동안 내적으로 죽어 있는 데 있다'

아마도 슈바이처의 말이었으리라.

알고 있었다.

자신은 지금 타락하고 있고 병들어 있고

그리고 죽어가고 있다는걸.

가까운 친구로서 자신의 이런 행동을

답답하게 보는 K의 심정도 이해가 갔다.

그런다고 말한다고 해결될 문제가 아니었다.

H는 이 작은 자취방이 더욱더 좁게 느껴졌다.

배가 고팠지만 돈이 떨어진 지도 며칠이 됐다.

빌붙다시피해서 끼니를 때웠던

자신이 초라하고 비참했다.

차라리 그냥 쓰러지고 싶었다.

강의가 끝나고 K를 돌아보니 미쳐 W 애들과 특론으로 가는 모습이 보였다. '같이' 하는 마음들
은 없어졌다. 원과 타는 시선들이 가슴 밑바닥에 잔뜩는듯 싫다. 일반 반응만 내 에게는
K가 전부였다. K 이외에 발라는 근육기 없음을이 느껴졌다. 아직 지금은 혼자라는 생각이...
뼈저리에 삶이 행복로를 그리거 시작했다. 경험은 항상 오맷만이었다. 사람들과 (해)봐하면
싫다는 생각이 드릎에 전해졌더니 들라있는 반응수 읽은글이 그럴듯한 행복지기 위롭게 그
려졌다. K에게 '나 2명 그겠다' 며 도년하냠 지랑처럼 실없이만 주위를 둘러봐도 마음도
있었다. 들려였고 이방인이었다. 간선 이해해주는 K가 너무도 반갑었다.
- 불쑥 - 북죽하게 웃고 있는 W 애들은 보며 K는 함께 웃을수 없었다. 눈 앞에는 김밥과
떡볶이가 먹음직스럽게 진열돼있었다. 배가 고팠다. 그리고 이어 함께 콤부했던 H를 떠올렸다.
'이전, 이승이강, 실실도 못했었는데...' 항아웃 앞에 서 있던 내가 순늘하게 생각되었다.
서먹해진 관계가 갯즉 함께 기려는 않는 못하게 했다. 원적 지론율이 상했다. '내가
행동 행계취야 하는 롱동 이닌데...' '헤어만 나 친군데' 김밥은 눈 앞에 두고 이렇라 강생
이 간능하고 있었다. 애들의 웃음소리도, 김밥의 맛도 느껴지러 없었다. 억랄로도 기본러 없었다.
함께한 내가 없다는듯이 언돈게됐다. 그리고 얼마나 내게 내가 소홀한구를 깨딛었다.
- 불쑥 - 강위를 산온에 비가 내렸고, 기숙비처로 너무 죄기 않다. '이러갈게' 그겠를 둘려돌수 만
H는 보러라 답았다. 'H 모딸이?' ⊙방음 됨였으로 기연서". 저 멸러 그계등인 H의 웃음들이 반
였다. 웃음도 없었다. 터벅 터벅, 역경 웊는 잔에 빗물이 뒤엇다. "같이 기아주, 우른글 없어
이약기 없이." ⎫ "흥" 에의 덕탁하고 숭박한 웃음은 배향이 없다. '비오겠는 듯.' 원라 눈이 내려
햣라만 연료강이 컸다. 죽은 우선으로 득 찾롱이 티든 비톤 펴져기연 '했었다. 한묵 억깨지 비에 중기
식축항적만 들다 안수있었다. 마음이 역맸해졌음, 황룩에여 대회적수 있었다. '왜 그겠어 밥에'
'꿈?' '배 그 깁듯게 나느게야' '겨나 룰딸겠 그이주해도 힘들득 딪는거야' '지러봐도 내 삼칭은
역촉한표 밈이' '산내쉬기가 그렇로 믿음이 뚫돋나☆' '헤아 없다.' '아나. 정정책저서 그러쥐, 이전 예함
그러는돋 떨려 옰는게. 미안해' '아나, 너 없은 난 아무것도 전수 없었어' '나도 미한기려이~
'히히라.' 둘의 웃음소리에 속긴 빗빙이 우산에 맞긴 사방으로 뒤였다.
"둧판란 같게 ?" "둧 한건 같은가?" 둘이 같은 말이 나왔다. 순간. 원적 키든 훌께였던
내였다. 연째나 그겠둭이 "히히히." 3번 빳에 못웠다. "이툭~
다시 한번 밤은 둧의 웃음이 비득 돕고 나방으로 뻗혔다. '그래. 큰분눈의 법튱은 에기서
끝이라고. 힘들옜저강 키뜸 해야만이 난 롣다. 예기서 주러옰기면 내 훌든기가 둥승하러 없든다.
긷 뒤라, 긷 섞어였다. 이 이햩는 비승들에서' H의 둘에다 경찰 봄이 어였다. 찟런라 늦였머...

남남을 대하듯 K와의 관계가 소원해졌다.

서로 피하고 있었다.

말할 성질의 것이 아니었다.

둘에게는 떨어져 자기 자신과 상대를 볼 시간이 필요했다.

강의가 끝나고 K를 찾아보니

마침 W 애들과 후문으로 가는 모습이 보였다.

'갈까'

하는 마음도 곧 없어졌다.

왠지 모를 서운함이 가슴 밑바닥에 깔리는 듯싶다.

일 년 반 동안 H에게는 K가 전부였다.

K 이외에 별다른 교우가 없었음이 느껴졌다.

아울러 지금은 혼자라는 생각이…

벤치에 앉아 향나무를 그리기 시작했다.

그림은 정말 오랜만이었다.

사람들과 잠시 떨어져 있고 싶다는 생각이

손끝에 전해졌는지

혼자임을 달랠 수 있을 정도의 그럴 듯한 향나무가

외롭게 그려졌다.

K에게 '나 그림 그렸다'며

소년처럼 자랑하고 싶었지만

주위를 둘러봐도 아무도 없었다.

혼자였고, 자신은 이방인이었다.

자신을 이해해주는 K가 너무도 보고 싶었다.

1994. 10. 28. 金

사람들과 잠시 떨어져 있고 싶을때   저 혼자

왁자하게 웃고 떠드는 W 애들을 보며
K는 함께 웃을 수 없었다.
눈앞에는 김밥과 떡볶이가
먹음직스럽게 펼쳐져 있었다.
배가 고팠다.
그리고 이어 함께 굶주렸던 H를 떠올렸다.
'이 자식, 아침이랑 점심도 못 먹었는데…'
강의실 앞에 서 있던 H가 쓸쓸하게 생각되었었다.
서먹해진 관계가 결국 함께 가자는
말을 못 하게 했다.
왠지 자존심이 상했다.
'내가 항상 챙겨줘야 하는 종도 아닌데'
'하지만 난 친군데…'
김밥을 눈앞에 두고 이성과 감성이
갈등하고 있었다.
애들의 웃음소리도, 김밥의 맛도 느껴지지 않았다.
어떤 것도 기쁘지 않았다.
함께 할 H가 없다는 것이 안타까웠다.
그리고 얼마나 내게 H가 소중한지를 깨달았다.

강의실을 나설 때 비가 내렸다.
가을비치곤 너무 차가웠다.
'어디 갔지' 고개를 돌려봤지만 H는 보이지 않았다.

잘(못)이 정답.

슈퍼우먼. 뭉쳐라 힘. 믿는것은 주먹뿐. 순국에 근육가구 한

X.

수업. 나, 너, 우리. 친구. 허무. 저축함. 목감기. 학
욕심. 깨끗함. 콧물감기
밴드레닝깨 돈, 발, 선물. 만족. 기쁨. 절망. 마무리. 물이 마실크
놓고 A라 마음 칭찬. 아버지 성실. 술. 실망. 질투. 상식
기 늦긴 나도 마음 청찬. 어머니 노력. 담담함. 원망. 명령어 허틀러
피노키오. 생일. 감기. 꿈. 기쁨. 아이. 나이. 민족주의. 독재라
거짓말. 예수 만남. 헤어짐= 이별. 움병가. 전대가.
오엽. 민족 정신자.
친아버지 소년. 모름. 관심. 사랑. 그래서...
진실쟁이 ㄱ을 일음
내가아는 5% 절투의 원인 = 사랑X. 욕망 O. 소그라데스. 영방 컥대.
내가 모르는 95%. 탈취. 외모. 마음. 거짓. 아니고 텔레스 영시이
누대의 털을 쓴 양. 블라온 발 옆면
되먼는 현재에 통하고 속검은 학. 아르기메데스 의 목욕탕. 복달 아나.
현재는 비보에 통한다. 은혜 버린 까치.
죽엄을 죽인 개. 북근님에 회로랭장.

현재도 아니고 니체는 죽었다는 채. 문아있다. 외장이전
비보도 아니고 니체는 죽었어도 문아있다. 왜라 모르명어도
현재이며 비보이다. 니체는 죽었어도 권능은 군아있다. 이는독 하는겐
렁건은 죽었어도 복달9.4 해. 사랑이라. 사랑이아
94 년은 복달94 의식. 자아. 인식. 여리섬음 이름이란
미션 = 슬기. 의식 계만 라마둑이
올은때 철았다. 이번근 죽었다. 거짓. 이은이러냐
반가움음. 애교. 보이는것은 전멸. 허망. 아이러냐 아은이러냐 아들이야
이동배반. 왜아러냐 위이러냐 하느럭 벌라 는기
아버야 애교명격 남자의 맛에는 기모검이 있다. 기 하. 아들이야
옮김기면 담은? 기리기. 다44. 슨독 만병만 쥬소. 드래기소

"H 못 봤어?"

"방금 교문으로 가던데…"

저 멀리 고개 숙인 H의 뒷모습이 보였다.

우산도 없었다.

탁탁 탁탁, 모처럼 입은 진에 빗물이 튀었다.

"같이 가야지, 우산도 없이 어딜 가 임마!"

"훗."

예의 털털하고 순박한 웃음은 변함이 없다.

'바보 같은 놈!'

왠지 눈물이 나려 했지만 안도감이 컸다.

작은 우산으로 두 장정이 모두 비를 피하기엔 벅찼다.

한쪽 어깨가 차가운 비에 젖기 시작했지만,

둘 다 알 수 있었다.

마음이 따뜻해져옴을.

침묵 속에서 대화할 수 있었다.

'왜 그랬어 임마!'

'뭘'

'왜 그리 힘들게 사는 거야'

'짜샤, 젊다는 건 그 이유 하나로 힘들 수 있는 거야'

'지켜보는 내 심정은 어떡하고 임마!'

'사내새끼가 그 정도로 마음이 흔들리냐'

'뭐야 임마!'

'아냐, 걱정해줘서 고마워. 이젠 더 이상

그런 모습 보이지 않을게. 미안해'

'아냐, 너 없는 동안 아무것도 할 수 없었어.'

'나도 마찬가지야'

" 꿈 " 　 昭 明 ×
　　　　　　　　　 꿈命 ○

우츨 = 역사의 증명. 바른 역사. 우리 민족의 우수성 증명.
남자의 멋 = 강함. 우리나라의 정통무술.

높인다고 영각한 때가 이르다.

이것으로 道 에 통하고 入神 한다.

정통무술의 맥을 잇는다. 맥. 脈 = 달月 내辰

자기자신을 위험에 빠뜨리는것도 자기자신이고
자신을 구원수 있는것도 자기자신이다.　　　크게, 넓게.

　　　　　　　　　　부활. 바르게, 아름답게.

히데잉. 　다시 태어난다.

완벽한 사람이 있을까.
외모는 중요하지만 그것이 최고는 아니다.

　쓰인다 태어나는거야.

새롭게 태롭게 끝을 키워나가는거야.

눈 몸에는 단계가 있지만
마음에는 단계가 없이 무한하다.

그토에 은는것을 담도록 하라. 이 태양권복은.

잠시 서로 눈이 마주쳤다.

"하하하"

둘의 웃음소리에 놀란 빗방울들이
우산에 맞고 사방으로 튀었다.

"술한잔할까?"

"술한잔할까?"

동시에 같은 말이 나왔다.

순간, 먼저 귀를 잡아당긴건 H였다.

언제나 그렇듯이.

"히히히, 3년 뺏어 먹었다."

"어휴"

다시 한번 밝은 둘의 웃음이 빗속을 뚫고 사방으로 뻗쳤다.

'그래! 젊은날의 방황은 여기서 끝마치자.

힘들었지만 귀한 체험이다. 난 젊다. 여기서 주저앉기엔
내 젊은 피가 용납하지 않는다.

자, 뛰자! 자, 날아보자! 이 아름다운 세상 속에서'

H의 눈에서 잠깐 빛이 어렸다.

빗물인지…

눈물인지…

04 돌아보기 (겨울)

* 돌아보기 *

My heart is filled
with freedom
because my thoughts are
filled with you.

162

"여름"

꽃. 백사장. 바다.
        계곡. 민탈옷.
갈증. 쓰게굼. 햇빛. 팥빙수. 계곡. 반바지. 소나기.
해변의 연인들. 기어른. 샌들. 자충.
                    공포영화.
선글라스. 오자. 콘스. 밤.
M.T. 웃음. 라일. 검음. 열정. 여유. 등목.

자신의 마음을 숨겨오하고
가슴속에너는 끊이지 않는 갈등들, 미련들.
난 왜 떠나려 한까.
눈에 보이는 많은 것들이 이럭은 아름다운데.
굴이 떠나야로는 있는것까.
동정을 바라는가. 힘든껀 힘든다고 만하지.
그러나 누구에게 만한껀가.
누가 나는 사랑하는가. 아픔은 함께 하자고 만한두 언껝는가

낙엽근처의
때는 그 이후
때는 사랑했으나
없었다

法 禁

하하하얀 겨울. 體
감기

사랑이란
말없이 그 사람을 주시하는것.
그 누구도 정의 내릴수 없다.

"겨울"

등네 그리에었돈.

연탄. 대피. 담배. 사랑.

겨울을 재촉하는 가을 비. 눈사태.

눈탈인산행. 겨울 바다. 숲. 여자
연양. 여행. 산타크로스. 눈. 난로. 군고구마. 교통체증.
기차. 그리스마스. 군밤. 캐롤 song.
러브스토리 동면. 군만두. 성냥 소녀.
고드름. 뜨거운 커피. Love story. 눈섬. 징글벨. 사슴. 루돌프.
여인. 썰매. 벙어리 장갑. 스누렁지 영감탱이. whist.
졸업. 연. 스키. 예수. 하얀거울. 겨울아이. 84의 크리스.
선물. 연하장. 카드. 첫눈. 겨울비. 목도리. 빨간코.
온도계. 만남. 헤어짐. 으슬으슬함. 오도함. 벙기. 첫사랑 회상.
함박눈. 크리스마스 이브. 만남. 홀본. 빨간모자. 허무. 외로운.
눈의 여왕. 축위. 사여움. 자선냄비. "정리"
입대. 북어등. 마스크. 키스. Kiss. 눈사람.
연제임. 연미용. 타개운. 근백. 크래에어의 겨울. 위독편지

겨울엔 기이타보다 터비보다 영양은 소여요.
사랑하는 사랑이 작은 손으로 바람을 막아추주 믿도록 영양은 해요.
그렇게 영양 손다 영양 떨어지면 영양탄이 오여런테서
영양은 소여요.

"바라 보기" <봄>

무언가를, 누군가를 바라본다는 건 의미가 있다.

바라볼수 있는 대상이 있다는 건 의미가 있다.

그건 이미 바라 볼 주체인 '나' 라는 한 존재가 있음을 의미한다.

내안의 '선과 악'의 이중성을 발견한

세상의 '사랑'과 '미움'의 양면성을 느끼는

'현실'과 '이상'의 갈등을 경험하는

결코 특별하지도 평범하지도 않은 스무해를 살아온

쉽지 않은 한 존재가 있다.

세상을 전부 아는것도, 결코 모르는것도 아닌

지나간 사랑이 진실이었는지, 거짓이었는지도 모르는

현실을 택할지, 이상을 택할지도 결정 못하는

스무해를 살아온 결코 쉽지 않은 한 존재가 있다는것

그러한 존재가 무언가를, 누군가를

깊게 바라본다는 건 의미가 있다.

그 안에는 지금껏 살아온 어떤 틀을 깨려하는 몸부림이

확신할수 없는 세상에 답을 찾기 위한 방황이

전부 안일하게 대함 두려움 의 절망이 모록해 대한 소리없는 외침이 스며있다.

이제껏 혼자 였었다는 몸서리 치게하는 처절한 고독감이

드디어 무언가를, 누군가를 바라보게 된것은

더이상 혼자라는 것을 느끼지 않게 해줄 대상을 구하는 것이다.

이제 그 의미를 바라본다. 여기는 모든 의미란다.

"마주보기" <가을>

무언가를, 누군가를 마주 본다는 것은 의미가 있다.
마주 볼 수 있는 대상이 있다는것은 의미가 있다.
그것은 이미 '나'와 '너'만이 아닌
'우리'라는 한 테두리가 생겼음을 의미한다.
자신과 싸우며 세상과 싸우며 외롭고 고독하게 지내온 시간.
이제 더이상 혼자가 아니며 함께 탈 사람 있음을 의미한다.
한번 비켜본다고 해서 세상이 우리에게 이겨지는 것이 아니고
한번 쳐다본다고 해서 세상이 우리를 안아주는 것이 아니다.
우리가 처음엔 낯선 모습, 낯선 타인들.
자신과 다른 모습에 우리들은 쉽게 외면해 버리기도 한다.
서로 다른 모습으로 우리들은 살며 수많은 이별을 하고 그에 따른 고통을 느낀다.
누군가를 마주본다는 것.
그 안에는 세상의 다른 모습을 감싸주고 포용해주고 이해해주는 사랑이 있는것이며
완전한 모습 일 수 없는 우리가 부족한 불완전한 모습으로 서로를 봄에 로때
우리는 삶의 진정한 기쁨과 행복을 맛 볼 수 있다.
살아온 길이 틀리고 방식이 틀려도 이제는 같은 곳을 응시할 사람이
있다는 것은 참으로 의미있는 일이다.
삶은 '나'와 '너'만이 아닌 '우리'가 함께 가야할 여행.
기쁨을 함께하고 슬픔을 함께하는
발걸음이 틀려도 마음만은 같아 서로 마주보고 웃을 수 있는
마주본다는 것은 함께하기에 아름다운 것.
마주본다는 것은 의미가 있다.

에 필 로 그

책을 출간한다는 것은 오랜 소원이었다.

'나'라는 한 사람에 대해 오랜 방황 속에서 발견하고 찾아가는 길에 관계되는 사람들이 있었고

그 관계의 정립에 일기와 낙서가 단편적으로 보탬이 되었다고 생각한다.

초등학교, 중학교, 고등학교, 대학교를 거치며 몇백 명씩 관계되는 사람들은

지금도 내 연락이 닿는 곳에서, 닿지 않는 곳에서

직장인으로 자영업자로 주부로 살아가고 있을 것이다(유명을 달리한 이도 있고 백수인 분도 있을 것이다).

분명 어딘가에서 가족의 구성원으로 사회 구성원으로 한 나라의 구성원으로 살아갈 것이다.

흔히 사회에서 말하는 성공을 이룬 사람도 있을 것이고

그 사회에서 밀려 힘들어하는 이도 있을 것이다.

그리고 그 전에도 지금도 이후에도 그런 모습의 '나'가 있을 것이다.

어렸을 땐 공부보다 노는 것이 더 좋았고

젊었을 땐 젊다는 것이 너무 힘든 적이 있었고

일을 하고 가정을 꾸린 지금은 커 가는 아이들을 보며 거름이 되리라 생각한다.

좋은 일을 말하라면 수백 가지가 될 테고

나쁜 일을 말하라면 그 또한 수백 가지가 될 테지만
사는 것은 그렇게 좋은 일도 나쁜 일도 겪으며 앞으로 나아가는
것이 아닐까 생각한다.
개개의 삶은 다 다르고
내 삶은 특별하지도 평범하지도 않다.

세상에서 가장 존경하는 아버지, 어머니, "감사합니다. 사랑해요."
전생엔 나라를 구하고 이생엔 나를 구한 "명희야! 사랑해."
천상에서 복숭아 키우고 소 키우던 "연우, 지우, 준우야 사랑한다."

ⓒ 홍영식, 2019

초판 1쇄 발행 2019년 5월 14일

지은이   홍영식
펴낸이   이기봉
편집   좋은땅 편집팀
펴낸곳   도서출판 좋은땅
주소   경기도 고양시 덕양구 통일로 140 B동 442호(동산동, 삼송테크노밸리)
전화   02)374-8616~7
팩스   02)374-8614
이메일   so20s@naver.com
홈페이지   www.g-world.co.kr

ISBN   979-11-6435-305-7 (03810)

이 도서의 국립중앙도서관 출판예정도서목록(CIP)은 서지정보유통지원시스템 홈페이지(http://seoji.nl.go.kr)와 국가
자료공동목록시스템(http://www.nl.go.kr/kolisnet)에서 이용하실 수 있습니다. (CIP제어번호: CIP2019016955)